U0801206

阿福拜见老虎岳父

Und täglich grüßt der Tigervater：
Als deutscher Schwiegersohn in China

［德］阿福（Thomas Derksen）　著

朱宇晗　译

同济大学出版社
TONGJI UNIVERSITY PRESS

致莉萍

序　一

岳母

阿福的处女作《阿福拜见老虎岳父》于 2019 年 4 月在德国出版发行了。现在中文版能和广大读者朋友见面，我作为阿福的丈母娘也和大家一样非常开心，非常期盼。希望大家能够通过本书了解一段跨国婚姻背后的爱情故事，也能从中更加了解中德两国人民的风俗习惯和文化底蕴。

起初，阿福的老丈人听到女儿要嫁给一个没房没车没工作的外国人，说什么也不肯答应。他当然不是一个贪财之人，但俗话说，"女儿是爸爸的小情人"，莉萍又是家中的独生女。养了二十几年的女儿将要远嫁德国，还不知道他们以后的生活着落，对于他这个观念陈旧的人来说，很难很快接受这个事实。他担心女儿以后会受苦受委屈，其实也是情理之中。不过我的想法和观念一直与时俱进，我一直相信，只要两人互相包容，克服跨国婚姻的世俗偏见以及生活习惯的差异，他们在一起肯定会收获幸福快乐，所以，我还是非常看好他们的。因为一段美好的婚姻，本就是一段漫长和极具考验的过程，情感上的交流必须非常融洽，而物质上的储备得靠夫妻两人将来勤奋工作，开拓思路，努力进取得来。

当我第一眼看见阿福时，我就被他憨厚的笑容和彬彬有礼的举止吸引。交流的过程中，觉得他是一个善解人意、勤奋好学、非常热情的德国小胖子，很可爱，对女儿也是非常关心和体贴。让我印象最深的是，有一次女儿因为生理期肚子痛到在床上打滚。接到她的电话后，我匆忙开车从公司赶回家。当我跨进门时，就看见阿福满头大汗，从厨房端出一碗热气腾腾的红糖姜茶，小心翼翼地端到床边，一口一口喂女儿。当时我真的很感动，其实阿福也是一早挤着早高峰的地铁去上班的，但他接到女儿不舒服的电话后，也很是担心，立即向公司请假赶回去照顾她。而且他还为了不让我太担心，不打扰我开车，而是打电话给我姐姐，问她怎么帮助女儿，还向姐姐请教怎么烧红糖姜茶。当时我就觉得把女儿托付给他一点也没错。

阿福平时的行为举止、待人接物，老丈人都默默看在眼里。脾气耿直的老丈人也慢慢被感动了，开始接受这位德国小胖子。他还偷偷和我说："这小胖子人倒是蛮好的，又懂事，而且还能吃苦，很勤奋。挤地铁上下班，回到家就马上一屁股坐在那里看书，学中文，追求上进，也不出去玩，对女儿也很体贴，应该是不错的。"后来，这位中国老丈人终于接受了这位从德国远道而来的女婿，也同意了这门婚事，高高兴兴邀请亲朋好友参加女儿的婚礼，还不远万里赶到德国参加女儿在当地举办的婚礼，很快融入了阿福德国大家庭的热闹氛围。他们一家人非常勤劳朴实，每天忙进忙出，热情招待我们。两位亲家对我们女儿也十分照顾，我们也放心把女儿交给他们。

终于，我们组建了一个中德友好的大家庭，虽然我们和亲家，还有德国的家人们语言不通，但我们每次坐在一起都其乐融融，欢声笑语从不间断。具体发生了哪些故事，我也不多透露了，希望广大读者朋友们从书中慢慢了解和品味一段跨国婚姻的故事。虽然我知道他们小夫妻俩在这段婚姻中经历了很多不易，但我很开心他们都一一挺了过来。除此之外，我也衷心地希望这本书能让中德两国民众互相了解彼此的文化背景，互相包容，互相尊重，让我们两国的友谊之桥更加敦实。

序　二

莉萍

我至今都不敢相信，那个平时不太懂得表达浪漫的大男孩，竟然给了我一份这么温柔的礼物：为我写了本书。

书中有很多中德老百姓家的平凡生活故事，经由他妙笔生辉变得生动有趣，其中有我们相处中的真实故事，也加入了许多他诙谐幽默的改编。这些故事如此真实地把我带回了和他相遇、相识、相知的回忆中，不禁数次泪湿眼眶。

很多朋友会和我们说："阿福、福太，你们真的太幸福啦！好羡慕你们呀！"可大家并没有看到，这一段跨国婚姻背后，其实是我们小夫妻俩携手共同走来的酸甜苦辣。这一切，实在太难了！我们来自不同的国家，有着不同的文化背景。我们在彼此需要时相互依靠，加油打气；在不理解彼此的思维方式时争吵、磨合，并不断学习和成长。尽管我们一开始不被任何人看好，但我们通过自己的努力，现在终于得到了所有人的祝福和认可，包括书中我那严厉的虎爸。而这份来之不易的幸福，我们到底是如何一步步创造出来的呢？欢迎大家赶快翻开本书阅读起来吧！

借这个难得的机会，我衷心地感谢所有一直支持我们小夫妻俩的朋友们，无论是在我们身边的，还是在网络上素未谋面的，正是因为你们的鼓励和喜爱，才有了今天的我们；更要感谢我（养育了六个孩子）的公公婆婆，他们让我这个独生女感受到了拥有这么多哥哥姐姐的幸福和大家庭的温暖。谢谢妈妈（我永远年轻美貌聪慧优雅的王姐）一直帮我们出谋划策征服虎爸；还要谢谢我那虎爸老朱（我知道你一直以来刀子嘴豆腐心，不愿主动表达你有多疼爱我们），无论我们身在何处，遇到何种困难，我们会一直牢记你的那句家训：家是每个人的避风港，一家人不需要大富大贵，只要整整齐齐，平平安安，就是幸福的。

最后，亲爱的阿福先生，我总能想起第一眼见到你时，你那眼神里流露出的清澈、真诚、善良。你那和我对视说话时不经意就脸红的可爱，至今未变。谢谢你让我变成更好的人，谢谢你为我们这段婚姻付出的努力。你曾经答应我和我父母的事，如今你都一一做到了，他们也都看在了眼里。现在，就带着我们的祝福，好好去完成你的梦想吧！

愿你的这本新书能给读者朋友们带来欢乐和正能量，为中德两国的民间文化交流添上独特的风采。同时，也祝福和我们有着共同跨国婚姻经历的朋友们，加油！一起收获幸福！

Ich liebe dich...

目　录

明知山有虎，偏向虎山行 (1)
Man geht in die Berge, auch wenn man weiß, dass es dort Tiger gibt

女人能顶半边天 (20)
Frauen tragen die Hälfte des Himmels

海水不能斗量 (48)
Man sollte das Meer nicht mit Löffeln messen

赶鸭子上架 (65)
Die Ente auf den Ast treiben

刀子嘴，豆腐心 (88)
Messermund und Tofuherz

山中无老虎，猴子称大王 (107)
Ist kein Tiger in den Bergen, nennt sich der Affee König

计划赶不上变化 (126)
Plan und Wirklichkeit sind schlechte Freunde

一山不容二虎 (145)
Auf einem Berg können nicht gleichzeitig zwei Tiger leben

东方不亮西方亮 (168)

Wenn es im Osten nicht hell ist，dann eben im Westen

靠山吃山，靠水吃水 (196)

Wenn du am Berg lebst，isst du den Berg

Wenn du am Wasser lebst，isst du das Wasser

金窝银窝不如自己的狗窝 (223)

Des Nachbarn Palast ist nichts gegen die eigene Hundehütte

放长线钓大鱼 (239)

Mit der langen Schnur den großen Fisch angeln

宁为太平狗，不做乱世人 (251)

Mögest du in interessanten Zeiten leben

多一个朋友，多一条路 (272)

Ein Freund mehr，ein Weg mehr

明知山有虎，偏向虎山行

Man geht in die Berge，auch wenn man weiß，dass es dort Tiger gibt

“怎么会是这样！”我挠着头皮想。

当我一年半前在大学里开始学中文的时候，我怎么也没想过，我会有一位中国女朋友。可是现在，我却挤在一家俄罗斯航空公司的经济舱座位里，飞往人口上千万的大都会上海，去见我的女朋友莉萍。在去机场的火车上遇到一个吹短笛的中老年妇女团，那首德国二十世纪五六十年代金曲《爱情是一场奇妙的游戏》(Die Liebe ist ein seltsames Spiel) 到现在还在我的耳朵里萦绕着挥之不去。而正是这场奇妙的游戏让我和莉萍走到了一起，尽管看起来我这一路应该会遇到不少绊脚石，因为要想最终走上幸福的大道，还需要排除一些障碍，尤其是莉萍的爸爸，似乎不怎么看好我们俩的恋爱前景。

“我太知道这些老外了，莉萍，”在我出发之前他显然胸有成竹地下过断言，“这些人都是朝三暮四，打一枪换一个地方。你只要跟这家伙上一次床，以后就再也见不到他了。”

“爸爸，你有没有跟外国人说过一次话？”

“那又怎样，我在电视里看到很多，对他们了解得很。个个都是花心大萝卜。这样的人不能进咱们家门。”

莉萍早就给我打了预防针，说她爸爸对于未来女婿该是什么样，是有一套标准的，换句话说，最好和他一样：做着了不起的神秘生意，喜欢一边和朋友打麻将，一边喷云吐雾，手上戴着名牌表，脖子上挂着金链子，家门口最显眼的位置停着他的大豪车。虽然朋友们管他叫“老朱”，可是其他人都毕恭毕敬地称他为“朱老板”。

而我呢？靠着每月区区几百欧元的联邦助学金（德语名称缩写 BAföG）维持生计，既没有车，也买不起金链子，那块跟着我已经十五年的卡西欧手表不够体面，银行培训学徒的履历也撑不起门面。

如果拿“老朱”的照片来和我的照片比较，那简直就是天壤之别。我那未来老丈人有着健壮的体格，在部队和派出所饱经日晒的那些年轻岁月，给他留下了黝黑的肤色。而他眼神里，都是白手起家打下一片天地之后自然流露的自信。再看我呢？在储蓄银行工作了几年，整日坐在日光灯下，脸色越来越苍白，身材却越来越臃肿。一米七的身高也不能帮我赢得一些尊严。所以我与莉萍爸爸的首次见面，这阵势应该不亚于大卫迎战歌利亚吧。

可是中国有句俗话说得好，“不入虎穴，焉得虎子？”为了和莉萍在一起，我也不得不暂时忘记这只名叫“老朱”的老虎有多么危险了。

“莉萍，我们一定会成功的，”在出发之前我自信地许诺，“现在还有十个小时的时间来思考对策。等我到了上海，我们一定能驯服这只老猛虎。”

然而几个小时过去，已经挠破头皮的我仍然一无所获。机长马上就要开始进行降落操作了，我必须要想出怎么应付和老虎的第一次过招。面前锡纸餐盒里的那份牛肉面条，闻起来和吃起来都和鸡肉米饭没有什么两样，我基本没怎么动。头脑里除了时不时掠过几个中文词语之外，几乎是一片空白。

当我走进浦东机场行李大厅，上海初升的太阳穿透巨大的玻璃立面，照到我的脸上，也带来些许暖意。我眨了眨眼，在晨光下看到了站在等待接机人群最前排的莉萍，顿时我的脑海里只有她了。好想摸摸她的短发，看看她脸上的笑纹，在她气鼓鼓地瞪着我的时候，那可爱的小纹路尤其凸显。不过，这时候她睁大了漆黑的眼眸，用力地向我招手。

“托马斯！”这是一声饱含热情的呼唤。

“莉萍！”我也同样欣喜地回应她。

“你的行李呢？”她慌张地说。这时候我才发现，她这么大声地呼唤我并不只是因为高兴。我看了看她，又看看自己空着的双手。原来我刚才太激动了，把自己的箱子留在了行李传送带上。

“过来，我的小胖子。”在价格实惠却十分干净的酒店客房里，莉萍紧紧地抱住我，然后脸上浮现出胸有成竹的微笑。在一张酒店信笺纸上，她用圆珠笔充满斗志地勾画着征服朱家的行动蓝图。这份她在过去的几个小时里制定出来的计划，在谋略和智慧上完全不逊色于成吉思汗征战亚欧大陆。

我怯生生地说了自己的想法，那就是先用假发和墨镜假冒中国人，潜入朱家内部，然后等我凭借那与生俱来的人格魅力赢得所有人的好感之后，再卸下伪装，坦陈我真实的德国人身份。莉萍白了我一眼，断然否决了这个计划。

“首先得让你博得我妈的欢心。我跟她说了，我们今晚回家吃饭。正好我爸晚上要跟朋友聚餐不在家。”

我躺在床上，看着她坐在狭窄的写字桌前，在纸上涂涂写写。

“我们得先考虑考虑你该怎么称呼她。”

“要不就直接叫名字吧？”

“你敢！千万不要对一位年长的中国女性直呼其名，这非常不礼貌！”莉萍严厉地说，这时候那迷人的笑纹又出现了。

对于一个无知的德国人来说，中国人的各种称谓简直令人迷惑。你可以称呼别人“老师”“师傅”“大哥”，或者加上姓氏，比如“小王”。但所有这些称谓现在对于我来说都不是选项。

“要不就叫阿姨怎么样？”

“绝对不行！如果你把我妈当作中老年妇女的话，那你就叫她阿姨。但是如果我们想要有一丝希望让她喜欢你的话，那还是不要这么叫了。”

如果说在莉萍妈妈那里只有一个禁忌话题的话，那显然就是年龄了。据我耳闻，她在护肤品上不惜花费重金，在夏天出门一定会打遮阳伞，防止紫外线损伤皮肤，去海边的时候她只穿长袖长裤的游泳衣下水。而且从照片上看，她的身材十分苗条，连二十几岁的年轻姑娘也会艳羡不已。

经过一番犹豫和挣扎，我们最终选定了“大姐”这个称呼，既能表达必要的尊重，又巧妙地避讳了年龄。

对我来说，汉语里的亲属关系比日常称谓更加复杂。德语里哥哥和弟弟都叫“Bruder”，姐姐和妹妹都是“Schwester”，单从称谓上看不出来区别；但是中国人却十分讲究长幼排序。

仿佛是觉得这任务还不够艰巨，莉萍又想出一个妙招，让我用上海话问候我未来的丈母娘。

“为什么要这样?”我绝望地问道。光记这些中文词语的普通话读音已经够难的了，现在还要我说上海话。要知道，上海话和普通话之间的差异，就跟德国最北边的汉堡话和最南边的下巴伐利亚方言之间的区别差不多：一个北调，一个南腔，可以说基本没什么共同点。

“她一定会很高兴的！现在我们这里的小孩子都不太会说正宗的上海话了，如果你一个外国人能说几句，她肯定会立刻站到我们这一边。”

“那好吧，听你的。”我嘟囔着同意了。但我有种预感，这个主意可能会带来灾难性的后果。

第二步就是挑选礼物了。我自以为从德国带回来的黑森林咕咕钟是德国特色礼品，结果它却在垃圾桶找到了归宿。莉萍耐心地向我解释道，在中国送礼，尤其是给老年人送礼，最忌讳的就是送钟表，因为谐音“送终”，潜台词是：“嘿，老东西，你余下的时日不多了，这座钟送给你，数着日子过吧。”换句话说，如果我带着这件礼物去女朋友家，肯定一进门就被赶出来。

令我感到意外的是，莉萍带我去了附近唯一还在营业的菜市场。已经是 2 月初，春节快要到了，大多数街边的摊贩和商铺都已经关门，店家都回老家赶着和家人团聚去了。

这家菜市场设在一座灰色水泥建筑里，里面有无数个摊位，感觉主妇们需要的所有东西在这里都能买到。在蔬菜摊上，除了令德国人倍感亲切的土豆、胡萝卜和西蓝花之外，还有数不清的绿叶蔬菜，它们和菠菜长得很像，却都有各自不同的名称。由于沉浸在爱情的甜蜜中（又或者是因为紧张?），我到上海之后还什么东西都没吃。这时候菜市场里弥漫着的各种气味让我有些难以消受，尤其是角落里贩售活鸡和活鱼的摊位，但莉萍偏偏把我拽到了那里。

在中国，“新鲜”的含义和德国截然不同。对我来说，在德国每周鱼市上买的鳟鱼已经是新鲜的最高境界了。而在中国，鸡都是买活的，然后现场宰杀，去除鸡毛和内脏。这里的“鲜鱼”指的是从水缸里捞出来的活鱼，直接开膛去鳞，装在袋子里。动物内脏、鲜血和宰杀垃圾的气味向我涌来，这时候莉萍很坚决地拉着我来到了卖鸡鸭的摊位。

“莉萍，我们来这里干什么？不是要给你妈妈买礼物吗？”

她冲着我眨眨眼，我本来想回她一个又酷又潇洒的眼神，却被突然间涌上喉头的一股酸味儿给止住了。

“请给我来一只鸽子，还有后面那只挺肥的母鸡。”

“这个炖鸡汤特别好，”女摊主回答说。从她那粗壮的上臂和绯红的脸庞来看，不要说杀鸡了，恐怕扭断一头猪或是一头牛的脖颈也不是问题。她果断地逮住那只挣扎着咯咯叫的母鸡，开始当着我们的面进行宰杀，把它处理成可以直接拿来炖汤的状态。

我实在受不了了。“我在外面等……”话还没说完，我就在摊位前把自己胃里的酸水吐了个精光。女摊主笑嘻嘻地递给我一张纸巾：“你可不是第一个在我这里呕吐的外国人。”然后她冲着莉萍嘲讽道：“你男朋友不喜欢鸡呢。这是好事儿。”

鸡，暗指妓女的意思。“这个笑话我懂。”倍感虚弱的我心中暗想。这时候莉萍说话了，她的声音感觉好像从远方传入我的耳中：

“好啦亲爱的，今天可是关键的一天，你必须要振作一点。不过现在你的胃都清空了，也是件好事。如果你想要让我妈妈喜欢你，那你就得把她端到你面前的饭菜全部吃光。要知道，她可是非常慷慨大方的。”

随后，我们坐上了开往莉萍家的汽车，我看了一眼礼物，隐约觉得也许我不应该把咕咕钟扔掉。除了那只母鸡之外，我们还买了一只新鲜的鸽子和两条鳜鱼，再加上一公斤新鲜香蕉，构成了这份不寻常的上门礼物。

“现在肯定没问题了。我爸不在家，我们就可以把精力集中在我妈身上。只要能把她拉到我们这边来，那就是三对一啦!”莉萍一边高兴地念叨着，一边娴熟地开车驶过熙熙攘攘的大街，经过数不清的高楼大厦，离家越来越近了。

“超级棒的计划！那我的任务是什么?”我不动声色地抓紧了车门上的扶手。

“你最好尽量少说话，但是必须要记住几个要点。我妈妈是你见过的50岁女性中看起来最年轻的，她的皮肤如此白皙，以至于所有的珍珠项链都因为嫉妒而黯淡无光。而且她的身材甚至比我的还好。”接着她把上身向我这边倾斜过来，以闪电般的严厉眼神警告我，“这些赞美的话你只能用在我妈妈身上，尤其是赞美身材那部分。”

我一遍遍地小声重复着事先编排好的上海话问候台词：“侬好，大姐。侬今天看起来特别漂亮。这是阿拉的一点小心意。”

只要完成了这个最重要的部分，其他的一切都可迎刃而解。但是上海话也太难了吧！如果连这里的孩子们都说不好，那为什么我必须要学会呢？我紧张地咬了咬下嘴唇，偷偷看着莉萍。尽管我们制定了伟大的行动计划，但我还是能看出来她有些紧张。在上海的车流中，她本来就得保持专注，好能适时地见缝插针，所以我也不想用上海话发音的问题去烦她。“鸡”这个词在我脑海中来回萦绕，还有“妓女”，还有杀鸡摊主那句“他不喜欢鸡”。哎呀，托马斯，你现在可千万不能走神，集中精力！“侬好，大姐！侬好，大姐！”

在地下车库的一个黑暗角落里，我们找到了停车位，然后走向电梯。电梯生涩而缓慢地上行，15 楼到了。“侬好，大姐！侬好……”走出电梯门，我们站在了莉萍家门口的走道里。

“那个什么怎么说来着？”我刚想轻声问莉萍，可是话还没说完，房门就打开了，莉萍的妈妈已经真真切切地出现在我面前。什么鸡呀，鸭呀，这些顿时在我紧张的大脑里乱作一团。“女士优先”，这是我脑海里最先冒出来的念头。我一只手把莉萍推到了我的前面，另一只手把装着鸡鸭的礼物篮子举到她妈妈面前：“侬好，大哥！你今天看起来真漂亮。这是你的鸡。”

莉萍妈妈错愕地看看我，又看看自己的女儿，然后展颜大笑。“从没听到过！”她打趣道，“还‘这是你的鸡’，侬这个老外真幽默。快进来吧！”

除了莉萍妈妈之外，家里还有三位中年妇女，她们显然也都被我逗乐了。

“这些是我的姑妈舅妈姨妈，”莉萍低声对我说，“我可不知道她们要来。”看样子，她们都是莉萍妈妈邀请过来加入评审团的，要考核我是否有资格成为她未来的女婿。

首先是一位身材丰腴，嘴唇上涂着浓重口红的女士，她热情地拥抱了我，这种问候方式我在中国人初见陌生人的场合从未见过。她自我介绍说是姑妈。她是莉萍爸爸的大姐。而舅妈，也就是莉萍妈妈的弟媳，客气地跟我握手问好。而大姨妈，也就是莉萍妈妈的大姐，坐着向我招招手，端起一个装着干豆和牛肉干的碟子，示意我过去。

“大姨妈也有来月经的意思，一样的写法和念法。”姑妈咯咯笑着，一边向我解释这文字游戏的奥妙，一边不经意地用镶金边的小镜子仔细检查自己的口红是否完好。哎呀，太尴尬了。那如果哪天莉萍突然跟我说“我的大姨妈来了”，我怎么能知道自己是应该泡好茶水准备待客，还是应该带她去超市买卫生巾呢？

这时候舅妈打断了我的思绪，她转向我清了清嗓子，仿佛不经意地问道：“你一个月挣多少钱呀？”

我一惊，刚吃进嘴的干豆卡在了喉咙里，顿时感觉到自己脸涨得通红。一方面我对这样的问题完全没有思想准备，我也不知道就凭我这样的初级中文水平，怎么才能向她们解释，我每月靠378欧元的BAföG助学金过活（我连BAföG的德语全称怎么写都不知道，更不要说翻译成中文了！）。同时，我是真的有点喘不上气来，那颗干豆卡在气管里了。这时候，姑妈发现了我的困境，她果断地合上小镜子，以一种从她的身形来讲相当敏捷的速度从沙发上跳起来，把我整个身子调转过来，然后从背后把我抱住，用尽全力挤压我的腹部。这时候，不仅那颗罪魁祸首的干豆，就连我进门之后出于礼貌喝下的两升热水也都被我吐了出来。

根据来中国的几次见闻，我早已经学到，热水是一剂万能的灵药。它可以治感冒，抗抑郁，甚至能缓解痛经。而且不管在任何季节，任何时间，它都是最理想的饮品，对此每个中国人都深信不疑。我所有的外国朋友在中国留学期间也都迟早会爱上这种异常简单但又十分令人满足的饮品。可是现在我真痛恨它，因为莉萍家昂贵的真丝沙发罩已经湿透了，我真希望能找个地缝钻下去。姑妈姨妈们可乐坏了："快把你的手机拿出来，我一定要给我孙子看看，他一定会笑趴下的。"

莉萍跟着她妈妈进了厨房不久，显然是听到了有关收入的问题，也急忙跑了出来，站在几位刚刚把笑出来的眼泪擦干的姑姨面前，意志坚定地说："我就一次把话说清楚了吧！托马斯只是个穷学生，没有工作没有房，既没有宝马也没有奔驰，大多数时间都是骑自行车。但是我们就是相爱，不管你们怎么想！”

一阵令人尴尬的安静之后，姑妈姨妈们回过神来，七嘴八舌地说道：

“当然是这样啦！”

“我们不是那个意思啦！”

“最重要的是你们幸福啊！”

莉萍冲我露出了胜利的微笑，这时候姑妈又补充了一句：“要我看，托马斯是个勤奋的小伙子，早晚有一天也能开上宝马的。”

这时候，我带来的老母鸡已经炖成了一锅香浓的鸡汤。我们围坐在饭桌前，惬意地啜饮着温暖的鸡汤。丈母娘把鸽子用酱油调味蒸熟，放到了我的饭碗前。

“来尝尝，这个很有营养的。我来给你夹一些放到碗里吧。你怎么知道我喜欢吃鸽子的？”

莉萍对我挤挤眼，抢先说道：“托马斯一开始就说，一定要给你买只鸽子。他觉得你一定会喜欢的。”

“是吗，托马斯真懂事，”莉萍妈妈喜笑颜开，“快尝尝吧。”

我其实暗自期待她能自己把那只鸽子吃掉，而我只要尝一尝酱油汁水的味道就好了。因为在我那时的概念中，鸽子根本就是会飞的老鼠（因为在德国，它们很喜欢在地上寻觅各种剩下的食物），在我的最爱食物清单上排名非常靠后。我当然不想看到，莉萍妈妈已经把连着头的半只鸽子都夹到了我的碗里。为了强迫自己忽视再次涌上喉头的酸味，我使劲掐了一把自己的大腿，心里告诉自己：

“托马斯，为了更高的目标，加把劲。”

于是我开始试着把这半只鸽子分解开来。因为没有西餐常用的刀叉，只有两根筷子和一只陶瓷汤勺，我的吃相又引得饭桌前各位女士开怀大笑。出乎意料的是，这鸽子味道还真不错。蒸制的做法保持了肉质的鲜嫩，而上海菜必不可少的酱油和糖，则让鸽子肉吃起来有着独特的咸鲜风味。

“妈妈你看，托马斯全吃光了。”莉萍冲着又在厨房里开始忙活的妈妈喊道。其实——也差不多算是吧。只不过我偷偷地把鸽子头用两张餐巾纸包了起来，在上洗手间的时候扔到了垃圾桶里。莉萍妈妈从厨房里出来，重新坐到饭桌前，在围裙上擦了擦手，和颜悦色地对我说：

“既然你这么喜欢鸽子，那下次我就做两只。我们其他人吃一只，另一只专门给你。”

在桌上的碗碟都收走之后，姑妈在她的红色塑料袋里翻找着，袋子簌簌作响。她抽出来一个装着透明液体的瓶子，把它啪的一声放到饭桌中央。“这是我们的国民饮品——白酒，”她自豪地讲解道，“既能帮助消化，又能活跃情绪。”她十分豪爽地把散发着浓烈高粱气味的酒倒进几个小酒盅里，溢出来的酒在桌面上形成一个个小小的水洼。这时候四双眼睛充满期待地望向了我，吓得我一身冷汗。偏偏我不是那种有酒量的男人，我觉得这张桌子前的任何一位女士都能轻易击败我，让我醉倒在桌底不省人事。我带着求救的眼神望向莉萍。

趁着酒杯还没有全部被斟满，莉萍郑重其事地站了起来，脸上换上了一副沉痛的表情：“我还想告诉你们一件事。对于我来说，托马斯就是完美的男人。但是他从小就有一个毛病，肝功能不全，只要喝一滴酒就能晕倒。我希望你们能理解。”仿佛在演悲情剧一般，她轻轻拭去眼角那并不存在的泪水，而我只能张着嘴傻傻望着她。我偷偷地扫视了一圈，看到姑妈姨妈们充满同情的眼神，心里忍不住暗暗为莉萍鼓掌。她怎么那么聪明?!

“蜈蚣药酒!”这时候姑妈突然激动地喊了一声，仿佛发现了新大陆一般自豪。“中医里面调理肝功能最好的就是它了！我这里正好还有一斤。你每天用这个药酒加上姜和蒜烧开，喝两杯。我老公爱喝酒，每天都喝这个，现在肝脏跟20岁的小青年一样健康。你只要坚持喝，等你们办喜事的时候肯定能好，到时候再把今天欠的酒补回来。”

说实话我还没考虑过“办喜事”的问题。能安然度过见莉萍家人和亲戚的第一个晚上，我就已经很知足了。不过既然姑妈都谈到婚礼了，那是不是就代表着她在某种程度上已经认可我了？我带着复杂的心情还在反复掂量着她的话，这时候姑妈已经把装着蜈蚣药酒的黄色塑料袋塞到了我的手里。她端起一杯酒，和另外几位女士捧杯。不一会儿，一瓶酒已经见底，莉萍提出要送我回酒店。

“大姐，谢谢你做的美味饭菜！”

“客气什么，”莉萍妈妈高兴地回答道，“今天是我厨艺发挥最差的一次。下次我状态好的时候，再让你好好尝一尝我的手艺。不好意思了啊，希望你今天至少能填饱肚子。”

“大姐，何止是吃饱了。你不仅做饭这么好吃，人也这么漂亮。莉萍没跟我详细说过，只给我看过你的照片，可是今天一见，才知道你真人比照片上还要年轻、漂亮、苗条好几倍呢！”

“啊哟，别胡说了。我每天早上照镜子都要被自己吓死，这又老又胖的。好啦，那你们就回去吧！”

莉萍冲着客厅的方向努努嘴，姑妈姨妈们脸上挂着微醺的红晕，正在聊天。

“那我们就走啦！”我朝着她们大声说。

“再见！”

“再见！”

“开车小心点哦！”

“知道啦!”

“要不要给你们带点东西路上吃啊?”

“谢谢妈妈，不用啦!”

“今天照顾不周，多多包涵哦!”

“哪里哪里。”

“外面冷，把外套拉链拉好。”

“好的。”

“我再泡杯茶给你们留路上喝吧。”

“真的不用了，妈妈。”

“那好吧，开车注意安全，开慢点哦。天已经黑了。”

我渐渐失去耐心，偷偷拽了下莉萍的袖子。

“告诉她，饭菜很好吃。”她悄悄在我耳边说。这时候我抛开了一切羞涩和顾虑，也不管是不是夸大其词，直接豁出去了:

“大姐，我觉得今天吃的饭菜太美味了，我可能需要两天的时间才能好好消化这些人间美味。我这辈子从来没有吃过这么好吃的东西。”

“你这个马屁精!”心里有个声音在谴责自己。但是这恭维的话却让莉萍妈妈感觉很受用，她有些羞涩地挥挥手，脸上笑开了花。已经筋疲力尽的我赶紧钻进电梯。就在电梯门正要关上的那一刻，我听到姑妈在背后跟过来喊道:“别忘了蜈蚣药酒！每天两杯！”

莉萍喜气洋洋地看着我：“挺顺利的嘛。你发现没有，她们都很喜欢你呢。这下好了，我们在对付老虎的时候又有了四个盟友！”

到了地下车库，照明灯都已经熄灭，只剩下两个昏暗的灯泡，挂在顶棚一根孤零零的电线上发出微弱的光。四下里一片寂静，只听到我们的橡胶鞋底踩在潮湿地面上发出的吱吱声和莉萍手里车钥匙的叮当声。突然我们听到了男人粗哑的说话声，几个身影渐渐朝着我们的方向靠近。我们俩不约而同地停下了脚步，努力想在黑暗中看清楚来者是谁。至少有四五个中年男性，其中那个深色头发黝黑皮肤的强壮男子似乎是领头的。他们走到近前，我们能清晰听到他们说话的声音。这时莉萍突然使劲攥住我的手，痛得我差点叫起来。但是她用另一只手捂住我的嘴，想要把我推到一辆黑色的美式越野车后面。我们还没来得及藏好，一个男子突然抬起粗壮的手指向我们。那是一个胖胖的光头，即使在车库里光线这么暗的情况下，他仍然带着漆黑的墨镜。

这时他们当中领头的那位径直向我们走来。我无法辨别自己耳边那急促的声音究竟是那人皮鞋踩在水泥地上的脚步声，还是我砰砰的心跳声。

当我们之间只有半米的时候，我抬起眼睛看向他。头顶上白炽灯泡的苍白光线直接照到他身上，他脖子上戴的金项链在灯光之下闪着幽光。他微微张开嘴，咬紧了雪白的牙齿。然而最令人难以忽视的还是他那咄咄逼人的眼神，我不禁回想起早上菜市场里那只鸡的悲惨命运，微微的恶心感又涌上喉头。

“你小子在这里想对我女儿做什么?!”

女人能顶半边天

Frauen tragen die Hälfte des Himmels

六个月前

不，我在前一年的八月来到上海时，绝对没有想到自己会在这里陷入爱河——更没有想到自己会因此而陷入险境。

我至今仍然觉得自己会去参加那场学生派对，几乎就是奇迹。像我这种喜欢窝在家里啃书本的人，怎么到派对上跟来自世界各地的同学，尤其还有女同学，去攀谈周旋？我不愿出门的另一个原因是，夏天的上海闷热潮湿得就像蒸笼，我虽然整日穿着宽大的T恤衫和短裤，但是只要走出开着空调的学生宿舍，就会全身湿透。

“安雅，”我对着来自波鸿的女同学哀怨地哼哼一声。虽然根据宿舍管理条例，她是不能进男生宿舍的。不过她冲着宿管大爷微微一笑，就轻松混了进来。她来这里主要是为了说服我去参加学生派对，当然还有顺便在无人打扰的情况下尽情使用我的卫生间。之前她在自己宿舍的卫生间占据了一个小时，被室友给赶了出来。“我一件能穿去派对的衣服都没有啊。”——“一件都没有？”她毫不客气地喊回来，“我可不能一个人去那里。你少给我来这一套！”

我翻出一件皱巴巴的格子衬衫，徒劳地尝试把它给扯平，再配上一条深蓝色短裤，这已经是我衣橱里最正式的一套行头了。现在我还需要一双像样的鞋。在夏天的几个月里，我其实只穿一双鞋：我的塑料夹脚拖鞋。这也是我在闷热的上海唯一能穿得住的一双鞋。但是我肯定不能趿拉着拖鞋在派对上招摇过市吧。幸好我们的学生宿舍门口有不少小摊贩。在鱿鱼大烤和炒饭的摊位旁边，我看到一个小贩面前摆了堆积如山的鞋。“质量特别好!”他向我拍胸脯保证。尽管仅仅折合 3.5 欧元的价格让我无法相信他的说法，但我还是挑选了一双绿色的运动鞋。我们步行去参加派对，等我意识到这双新鞋的透气性太差，已经为时过晚了。

到了派对现场，我的脚已经开始散发出汗臭味，那味道丝毫不亚于以臭著称的林堡干酪。安雅迅速消失在一边畅饮一边随着音乐舞动的人群之中。我开始抱怨她，干嘛非要把我拖过来？现在我只好孤单地在派对狂欢的人群中穿行。阳台的门开着，我把两只脚轮流伸到外面，希望能让风吹散它的“芬芳”。正当我单脚站立在阳台门口的时候，我看到了她：她真漂亮啊，蓬松的短发，漆黑的头发把她黄色的连衣裙映衬得更加娇艳。她的腰肢纤细却不柔弱，她的眼睛望向谁，就能把谁点亮。

我感觉到热血在往头上奔涌，很快意识到自己的脸已经比红灯还要红了。“哇，她可真是个妙人儿。简直让人疯狂，”我暗想，“可惜像我这样的男人，永远也无法赢得这样一个姑娘的芳心。”然而就在这一刻，她望向我并径直向我走来。

就这样，她真的站在了我的面前，用流利的英语说：“你好！我叫朱莉!”她非常礼貌地伸出了她的右手，而我一边努力在压抑自己还在惊讶的表情，嘴唇不由自主地颤抖着，一边拿出自己紧张到满是手汗的右手，好不容易小声吐出一句："你……好……我叫托马斯！"当我们二人的手握在一起时，我感到我的整个脸嗖地一下变成了红色，好像吃了辣椒包一样滚烫火辣。这时她噗地一声笑了出来，"我们一起跳舞吧！"她用英语对我说。

我把另外一条腿收回来站稳，清了清嗓子自嘲地说："你看看，我连站都站不直，怎么会跳舞呢。"

"没关系，"她做了个毫不在意的手势，"跳舞又没有规定，随便扭一扭屁股就行。来，我教你。"说完这话，她以惊人的力道抓住我的手臂，我们在跳着舞、喝着酒、嬉笑着的人群中找到了一点空地。她闭上眼睛，开始舞动。我呆若木鸡地站了一会儿，然后开始试着模仿她的动作。随便扭一扭，哪有那么简单啊！我必须要集中精神，好好享受这奇妙的一刻。一个这么美好的姑娘站在我眼前，相信明天她就会把我忘记了吧。

不知什么时候，我发现她不愿意放开我的手了。整个晚上她都在围着我打转，给我讲笑话，简直要把我迷倒了。即使有一些在我看来比我帅气得多的男士尝试转移她的注意力，她也没有离开我的身边。这让我感到迷惑不解，甚至有点头晕目眩了。

直到我们离开派对的时候，我才发现自己好像已经无可救药地爱上了她。她告诉我，她的真名叫莉萍。她还笑着抱怨自己的父母给自己起了一个这么老气横秋的名字，这大概相当于一对德国夫妇给自己的小孩起名叫“格特鲁德”（Gertrude）吧。但是在我听来，这名字就像乐曲一样动听。“莉萍”，对于我一个德国人来说，（跟大多数的中文名字相比）这个名字念起来很容易，在德语里，和 Liebling（爱人，亲爱的）的发音很像。派对结束之后，我们打算去酒吧坐一会儿。在离开之前，莉萍消失在洗手间，重新出现在我面前时像换了一个人：连衣裙换成了 T 恤短裤，高跟鞋换成了舒适的运动鞋。她笑着说：“好了，我已经给所有人都留下了好印象，现在可以穿得舒服一些了。”我被她与生俱来的洒脱和自信彻底征服了，这就是发生在我身上的事。我早就听说过，在中国有一句话叫“女人能顶半边天”。但是我坚信，莉萍至少能顶起整片天空，说不定还能支撑大地。她简直就是完美的代名词。

接下来的几个小时在我的回忆里已经有点模糊了。在上海众多地下室酒吧中的一间，我们跳舞跳到眩晕，讲着一些只有在深夜和酒精的作用下才会觉得好笑的话，笑得前仰后合。第二天清晨，她用出租车把我送到宿舍门口，在我汗津津的额头上亲了一下作为告别。那辆绿色的桑塔纳轿车载着她消失在黑暗中之后，我在原地呆呆地站了至少一个小时。尽管那出租车的红色尾灯早已不见踪影，我还在痴痴地望着她离开的方向。一大早出来打扫街头垃圾的清洁工绕着我仔细观察了一圈。一个矮胖的老外，大清早站在路边呆呆地望着一个方向不动，恐怕不是他每天都能看到的景象。他在自己蓝色的连身工作服口袋里翻找着，掏出一盒白色包装的“竹烟”，我说谢谢不用了，但是仍然站在原地，不打算离开这条黑暗中的上海街道，这似乎让他更加不放心了。他带着担忧的神色拧开自己的保温杯，让我喝一口热水。

“You OK?”

我感激地喝了一大口热水，舌头差点被烫掉一层皮，不过还是礼貌地躬身表示感谢，把保温杯还给了他。滚烫的热水沿着喉咙一路直下，冲淡了前一晚积累在胃里的酒精，这时候我才渐渐回到现实中来。我揉了揉自己的眼睛，照着自己的腮帮子左边拍一下，右边再拍一下。疲倦感铺天盖地向我袭来。

我把脚上的运动鞋脱下来，连同袜子一起扔到清洁工的垃圾车里，给这个充实的夜晚划上了一个圆满的句号。在他不解的目光中，我光脚走回宿舍，爬到床上。尽管心潮澎湃，我还是进入了深沉而无梦的睡眠。

……

直到下午我才在隐隐的头痛中醒来，迷迷糊糊地摸到自己的手机。我想要翻看一下前一天晚上拍的照片，在回忆中沉醉一会儿。也许这个梦一样的夜晚能给我留下来的，就只有这些照片了吧。

那个时候在上海已经满大街都是最新款的苹果牌 iPhone 了，但我还在用着原始的翻盖手机。尽管仅凭这些玩意儿来引起异性关注的时代早已成为过去，但是这些新奇事物对于我来说一直都缺乏吸引力。我的古老手机还是有拍照功能的，存储空间差不多足够我拍 50 张低像素的模糊照片。带着多年练就的熟稔动作，我一只手打开手机翻盖，另一只手揉着左边太阳穴以缓解头痛。这个按摩的手法还是中文老师传授给我们的，说是我们在被“鸡”和“鸽”的读音搞得晕头转向的时候，可以派上用场。我一边按摩着太阳穴，一边输入手机解锁密码，不过我还没来得及欣赏那些模糊不清的照片，就发现自己有一条未读短信。我的头痛瞬间消失得无影无踪，我用两只手抓紧了手机，凑近去看那条短信。

“我的妈呀！”我惊得双下巴都要掉了下来。这不可能是真的。我真的收到了莉萍的短信。在告别的时候，她往我的手机里输入了她所谓的手机号，我当时心里非常确信只会有两个结果：要么等我拨打的时候，就会听到那段自动服务语音，“对不起，您拨打的电话是空号，请您稍后再拨。如果您需要更多帮助……”我从来没有尝试过把这段服务语音听到最后，不过据说可以愉快地打发一个下午的时间。顺便说一句，说这句话的中国女士可比德国的那位要温柔多了，在德国你只能听到简短而生硬的“这个号码无法接通”（Kein Anschluss unter dieser Nummer）。另一种可能性就是，这个号码不是空号，而是她某个姨妈的电话，如果我打过去，对方只要一听到外国口音的男声，就会对我吹响讨伐的号角。

不过事实并非如此，因为短信预览上明白无误地显示出莉萍的名字。带着喜悦的心情，我打开了短信内容。也许只是一句简单的“谢谢”？或者是邀请我去约会？又或者——想到这里我本已经涨红的脸开始发烫了——也许是向我表白？

短信打开了，出现在我面前的却是一堆乱码：

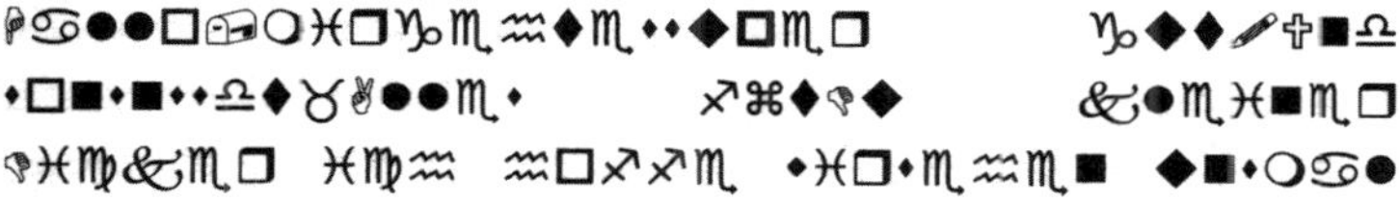

我失望地把手机扔回床上。现在我两只手都在揉着太阳穴了。

有生之年，我终于有机会和我的梦中情人聊天了，但偏偏就是因为我这些年错过了科技发展的潮流，那破翻盖手机没法显示中文字符，我才栽在了这一关。现在怎么办呢？给她打回去，老实告诉她自己是一个土老帽，所以无法阅读她的短信？还是若无其事地假装自己知道她短信里写了什么？

那肯定是一条告白的短信……

“莉萍，是我！我整夜都睡不着，脑子里想的都是你。我们什么时候可以再见面啊？”

可是如果她的短信内容正好相反怎么办？

“我知道你的中文不怎么样，可是你连‘你人挺好，但不是我喜欢的类型，祝你一切顺利’这样的话都能理解错，真是让我哭笑不得。”

不行，这样也太丢人了。我的太阳穴已经被自己揉到发紫了。我还是直接打回去，问问她写了什么吧。

我用微微颤抖的手打开手机，拨打了她的号码，“您好，您拨打的电话正在通话中……”

占线！

我松了一口气，躺回到自己的硬床上，不过很快就又起来，给自己倒了一杯热水。我有什么理由感觉如释重负嘛。这样的机会，我不想也不能错过。我不会再有机会遇到这么迷人的女孩。想到这里，我忙把水杯放下，也不顾舌头再一次被水烫到，重新拨通了电话。

这次电话通了。我的心跳加速，被烫肿的舌头也在突突作痛。

“喂？”

“喂，莉萍，我是托马斯。”我说得又慢又清楚，尽量不碰到舌头。

“托马斯！你收到我的短信了吗？”

“收到了！”我微笑着说。记得在某篇交友指南中读到过，在打电话的时候面带微笑，对方能够听出来。

“怎么样?”莉萍问道，听不出来她的语气。

现在怎么回答?这种关键时刻那些该死的交友指南都哪里去了。我可不能搞砸了呀。我略作思考，深吸一口气，坚定地回答道:“好!”

好?我不是准备了一肚子的话要跟她说吗?要告诉她我多喜欢她，告诉她我多想再见到她，告诉她我对她百看不厌，告诉她我想一辈子陪着她喝热水，可是现在，我只憋出来一个字:“好”?

令我意外的是，电话那头的她笑了起来。

“好?那我们明天晚上七点在南京东路的那家必胜客见面吧!我太开心啦，拜拜!”

没等我回答，她就挂上了电话。我愕然站在那里，呆呆看着手机。合上手机盖之前，我又看了一遍那条短信。现在这一堆乱码在我眼里分明就是一个个小小的爱心，黑白的爱心，因为我的手机也不能显示彩色。

……

第二天下午五点钟，我准时出发去赴我们俩的第一次正式约会。我从父母那里继承了德国人对于迟到的原始恐惧感，我们总是担心路上会发生什么意想不到的事情而耽误时间。提前两个小时出发应该够了吧。

从我的宿舍到必胜客餐厅只有四公里的路。在下班高峰时段，我搭乘出租车只用了大约 45 分钟，这对于堵车已成为家常便饭的上海来说已经算相当快了。经过汽车的走走停停，疲惫的我走进必胜客，这家分店位于一座大型购物商场的四楼。

在中国待了有快两个月时间，我很期待重新吃一顿西餐，一份沙拉配上简单的萨拉米香肠比萨。友好的服务员把我带到一张双人餐桌前。考虑到烫伤的舌头，我例外地要了一杯温水。我一边喝着水，滋润自己干到快要冒火的喉咙，一边观察着店里的服务员们。他们忙碌地穿梭来去，给饥饿的客人送去比萨、意面和各种油炸美食。在这儿吃饭的大多数是由祖父母陪伴的小学生。老人们大多带着怀疑的神色坐在大快朵颐的孩子身边，心里在想念的大概是美味的中式鸽子汤，这些稀奇古怪的西餐显然令他们无从下手。

我不理解，为什么美式快餐会在中国这么受欢迎。在这个有五十六个民族的泱泱大国，饮食文化如此丰富多样，按理说汉堡和比萨根本无法望其项背。但是同时我也庆幸终于可以吃一些自己熟悉的东西，而不用每样食物吃之前都要看三遍才能辨别出是什么。说到意大利面，我想起迪士尼动画片《小姐与流浪汉》里的富家宠物狗“小姐”和流浪狗“流氓”共享意大利面的经典场景。我想象着自己和莉萍分别咬着一根意大利面的两头，同时吸吮面条，我们的脸和嘴唇越靠越近，我仿佛都嗅到了莉萍带着水果芬芳的香水味，这时候餐厅入口处服务员清亮的嗓音打断了我的白日梦。

“一个白人小胖子？在那边呢。我看那桌子他自己坐都挤得够呛，更别说你们这么多人了。没关系，我再给你们找地方。”

服务员话音刚落，我还没看到人，就听见吃吃窃笑的声音，而且至少有四个人在笑。不过我听错了，其实是五个人。

紧接着我看到莉萍兴高采烈地跟在服务员身后向我走来。在她们身后，还有四个打扮得花枝招展的年轻姑娘，一边叽叽喳喳地讨论着，一边从忙碌的服务员中间穿梭而来。我张大嘴呆望着这大队人马，渐渐明白过来，我想象中浪漫的二人烛光晚餐（或者是霓虹灯晚餐）应该是不会发生了。

“哈啰，托马斯。我把我最好的朋友都带来了，她们都特别特别想认识你。”

不等我回话，莉萍就转过身去，招呼自己的女友们：

“亲爱的们，快来看！”她挤眉弄眼地朝我的方向用双手做了个手势，笑着说。

“这就是他，托马斯。”

女友们兴奋地拍起手来。我皱着眉头想，从我俩第一次见面到现在这 48 小时里，莉萍究竟对她们讲述了多少有关我的真实或想象出来的优秀特质。我还挤坐在不锈钢餐桌后面的凳子上，手里握着我的水杯。莉萍用胳膊肘戳戳我，朝女友们的方向努努嘴：

“快，去做一下自我介绍吧！”

我放下玻璃杯，吃力地从桌子后面挤出来，和离我最近的一位年轻女士握了握手。她的个子至少比我高出一头，但是体重可能只有我的一半吧。她把一副墨镜卡在染成金色的秀发上，那墨镜看起来比我整身的行头加起来还要值钱。她微微一笑，露出一口洁白整齐的牙齿：

“我叫 Tiffany，就是和那个珠宝品牌 Tiffany 一样的名字。这样你就能记住我的名字了，而且也知道下次我过生日的时候可以送我什么礼物了，嘻嘻嘻。”

她可能没有发现，对于我这样的人来说，珠宝品牌并不是一个有助于记忆的捷径。她和另外三个女孩子正在因为刚才那个生日礼物的笑话乐不可支。我也在想，自己是不是有义务在我的潜在未来中国女友的女朋友过生日时送上一份昂贵的礼物。这时候我看到莉萍看了看我，又用余光瞟了 Tiffany 一眼。意思是告诉我，不用把她的话当真。这时候 Tiffany 已经为自己的幽默笑够了，她微微向莉萍转过身说：

“哇，你要是带一个这样身材的回家，那他肯定很有钱吧?”

接下来又是同样的戏码：三个姑娘一阵窃笑，我又慌了神，莉萍又翻了翻白眼。她用右手拢了拢短发，两只手插在腰上，以略带戏谑的口吻回答道：

“他不是有钱人，Tiffany。他是个学生。但也不是每个人都喜欢那种第一次约会就拿信用卡做定情信物的男人。那种男人，等到下一个鞋跟更高的女人出现，就立马变心了。”

这话显然见效了。Tiffany 噘了噘嘴，双手抱在胸前，低头玩弄着自己手上的一枚戒指。从我这里看过去，那戒指应该就是传说中的鸽子蛋，在必胜客餐厅的白亮灯光下折射出耀眼的光芒。

接下来另外三个姑娘也做了自我介绍：Cecilia、Summer 和 Dreamy。我内心又禁不住暗笑，显然在取英文名字方面，一些中国人还是挺有创意的。大多数人会选择和原本中文名字发音接近的英文名，因为对于很多外国同事或者朋友来说，中文名太过复杂难记。此外即使在中国人那里，Tiffany 听起来也比“刘晓婷”要有气场多了。但对于我们西方人来说，用时尚品牌、影视人物或者动物名称来给自己取英文名的做法，还是有些奇怪的。不过我得承认，Dreamy 给自己选的英文名倒真是贴切。因为从来到这儿起，除了自我介绍之外，她一言不发，一直盯着手机。对于以“好女不过百”为体重标准的中国女孩子来说，她的身材算是相当丰腴了。她穿着一件白色纯棉连衣裙，裙身缀满小小的布艺玫瑰花，高领系带式样更凸显出她胸前的丰满。脚上搭配了一双在炎热夏天似乎不太适宜的白色厚长筒袜，外加一双装饰着红色蝴蝶结的黑色漆皮鞋。作为这一套装扮的点睛之笔，她在头发上戴了一个塑料花草造型的发卡，鼻梁上架着一副没有镜片的眼镜框。对于这种从邻国日本蔓延过来的动漫少女装扮风格，我已经渐渐习以为常。

而莉萍呢，用中国人常说的一句话，就像是“一股清流”。她脚上穿着运动鞋，身上穿着T恤短裤，背着双肩包，配上一头蓬松的短发。我们第一次见面的时候，她的发型看起来比较高雅大气，而今天则带有一种运动时尚感。当我看着她，什么名牌墨镜啊，什么塑料花发卡啊，都被我抛在脑后，我觉得只要能和她待在一起就是幸福的。不管旁边陪着多少个有奇怪英文名字的女友，我都不在乎。

“你们应该不会想要站着吃饭吧?”

服务员双手交叠站在我们旁边，我已经忘了她的存在。不过，也许她也很乐意在不断的端上比萨和收拾餐具之余，能有这片刻的放空时间。

“后面有一张大桌子空出来了。”

莉萍牵着我的手往那张桌子走过去，Tiffany、Summer、Dreamy和Cecilia跟在我们身后。

待我们坐定，服务员给每个人送上一张塑封的菜单。我早就想好了要吃什么，所以连看也没看菜单，直接对服务员说：

“一份中号的萨拉米香肠比……”

“点一份大号的北京烤鸭比萨、一份大号的榴莲比萨，我们一起吃吧，”Tiffany打断了我的话，“今天我来请客。”

那时候我已经知道，在中国聚餐，请客的人有权点菜，而且通常都是点很多道不同的菜，放在中间供大家分享。我非常欢迎这种用餐方式。因为你总是会有更多的花样可以选择，而且气氛也更活跃。不过我还是为自己没吃上萨拉米香肠比萨感到有点惋惜。

服务员记下我们点的食物之后，朝后厨方向走去。我这时已经做好准备按照自己习以为常的模式进入半昏睡状态。在德国餐馆点单之后，人们一般都会慢慢地小口抿着价格虚高的饮品，以打发漫长的等待时光，而不能一下子把饮料喝光。作为学生，还是要对日常花销有所控制的。可是我才刚刚要第二次把装着温水的玻璃杯凑到嘴边，服务员已经端着两个大大的比萨铁盘走了过来。这才过了不到五分钟啊！我总是会忘记，中国的餐馆上菜速度要快得多，在上海为等上菜而花上 45 分钟是不可想象的事情。

第一份比萨上的配菜我看懂了，尽管我当时的中文水平有限，那是北京烤鸭。而榴莲是什么，那时候我还一无所知。我还来不及细想，服务员已经把热气腾腾的第二份比萨放在了我的面前。一股难以描述的味道扑面而来，让我无法清醒思考。身边的五位女士显然并没有和我一样的困扰，她们纷纷兴奋地拍起手来，然后拿出手机记录下这难忘的一刻。我没有动，因为我不想再一次让大家注意到自己在科技电器方面的落后。况且我唯一想要记录下来的，就是比萨上那散发着奇异味道的配料。

榴莲在东南亚地区特别受欢迎，但是在德国很少见，德语里甚至称之为“臭果”（Stinkfrucht）。这绝对名副其实。任何一个欧洲鼻子，只要凑近榴莲，就会联想起夏天穿在胶靴里的袜子、变质很久的鸡蛋和婴儿吃完母乳之后呕吐的奶水混合在一起的味道。而且这榴莲无论以任何形式出现都无法改变那强烈的味道，无论是水果摊上刚去皮的新鲜果肉，晒制的果干，还是切成小块和奶酪混合铺在比萨饼皮上。我不知道亚洲鼻子对新鲜榴莲的味道做何反应，但是我的中国朋友总是这样描述：闻着臭，但又有点香。总结得非常精辟。这种有着橄榄绿色带刺外壳和乳黄色多汁果肉的“臭果”，在亚洲非常受欢迎，以至于泰国和新加坡政府不得不在机场和地铁站挂起“禁止榴莲”的标识牌。

出于令我百思不得其解的原因，这家餐饮连锁店的主厨想出了一个精彩的创意，把东方和西方餐桌上最受欢迎的两种食材集合在比萨饼上：榴莲和仿真奶酪。而这一“臭臭联合”的产物，现在就摆在我面前，刺鼻的气味直窜到我的鼻腔。到底要尽可能离莉萍近一些，还是要尽可能离榴莲比萨远一些，正当我为这个拷问良心的问题发愁的时候，我听到 Tiffany 高声对莉萍说道：

“万一你跟他到了德国，他对你不好怎么办？我们也不能马上飞过去找他算账啊！”

所以讨论的话题还是在我身上。渐渐地我意识到，这顿饭算是一次面试。我大概了解到，要想和一个中国姑娘谈恋爱，必须要通过不同关卡的考试：当然首先是要赢得姑娘本人的芳心，其次就是要争取到她最好朋友的支持，最后还要征服她的父母和亲人。

现在我已经到了第二关，我必须要把她的好朋友，她的人生和婚姻顾问团都拉到我这一边来。尽管我跟莉萍才第二次见面，还完全不知道该如何定义我们之间的关系，但我仍然信心满满地说：

“我们根本不打算到德国定居，我们就留在中国。这样你们就可以一直保护莉萍啦。”

我想这下她应该没话说了吧。

“哎唷，这样多没意思啊！我们还想到欧洲找你们玩呢。而且我到德国的路易威登专卖店买包的时候还能退税呢。我们旅游购物的同时还能有地方住，多好。”Tiffany 兴高采烈地说完，满足地咬了一口金黄色的榴莲比萨。

“这样啊，那我们还是在德国定居吧。”我马上来了个 180 度转弯。如果这真的是她想要听到的，我必须要顺着她的意思来。

“你看吧，”Tiffany 用食指敲敲莉萍面前的桌子，而莉萍则不耐烦地听她继续说道，“他想要你单独和他在德国生活。到时候可别指望我们能给你撑腰啊。”

为了掩盖自己的迷惑，也安抚我那空空如也的胃，我开始把拇指和食指伸向北京烤鸭比萨。

“你们知道的，我喜欢的男人类型和你们不一样，我看重的是内在，对吧？不管我们将来是在德国还是在中国，我都相信托马斯会对我好。我倒是更担心，如果 Twinkle 哪天又在夜店里玩到彻夜不归，你该怎么办。到时候我也帮不了你啊。”

我后来才知道，Twinkle 是 Tiffany 当时的男朋友。莉萍这番话显然起到了作用，五位女士又重新将注意力集中到面前的比萨饼上，享用美味的同时还不忘用温水送一送。我一边吃着自己的烤鸭比萨，一边带着敬佩的眼光观察着莉萍。她总是那么坚定自信，任何在我看来如此复杂的问题，她都能应对自如。尽管她的回答是如此干脆直率，但是她身上又有一种魅力，让人没有办法生她的气。很显然，莉萍有一种与生俱来的天赋，她能够凭借自己那迷人的坚定气质，自然而然地把人拉到她这一边来。

现在最难的问题应该都已经解决了吧，我带着踏实的心情咬了一大口比萨，裹着浓郁鲜甜酱汁的鸭胸肉粘在面饼上，还有零星的黄瓜丁点缀其中。刚一尝到温热的黄瓜，我就预感到接下来等待自己的是什么了。因为在座的五位女士注意到，我对那榴莲比萨连碰都没碰一下，而现在铁盘里还剩下孤零零的最后一块，仿佛在皱着一张金黄的丑陋面孔对我露出奸笑。幸好这时候 Dreamy 发话了：

“托马斯，我觉得你们要是去德国定居也挺好的。我家儿子喝的奶粉消耗得特别快，这样以后我就不用发愁该找谁帮我带奶粉了。先谢谢你们啊！”

这个在我看来至多也就16岁的Dreamy，根据她的连衣裙和发卡装扮判断也就是刚刚结束青春期而已，怎么都已经当妈妈了？

“你已经有孩子了？”

“是啊，我都24岁了！两年前，我姨妈给我介绍了一个小伙子，他人挺好的，是个公务员，在上海有房又有车，我们就结婚了，生了个儿子。现在我已经完成了义务，我的父母和公婆也都不再来烦我了。我可以想干什么就干什么。我妈妈帮我带孩子，我就像小鸟一样自由。”她一边说着，一边还用自己短而粗壮的胳膊在空中比划着，头上的塑料花发卡也随之抖动。

“你觉得这样很好？”我问道。这时我隐约预感到，自己未来可能会面临什么样的局面。

“当然啦。我爸妈把一辈子都奉献给了我，花钱让我上学，给我吃最好的东西，又托人找关系给我在银行找了份好工作。我必须要感恩，尽可能地让他们晚年幸福。而我能做的，就是乖乖嫁个好人家，然后给他们生一个外孙，而且最好是两个。”她俯身对我说道，“你们将来肯定也是一样的。”

这时候我的胃更加皱成了一团，偏偏那该死的榴莲味道又扑鼻而来，让我更觉得难受。我和莉萍还没正式确定男女朋友关系呢，现在我就要开始考虑怎么取悦素未谋面的未来岳父母，甚至考虑给他们生外孙的问题了吗？

莉萍原本一直在和其他几个女友聊天，这时候她把最后那一块榴莲比萨放到我面前，打断了我的白日梦。

“吃呀，小胖子。要不然你会瘦的只剩皮包骨头，走上街会被流浪狗当成骨头咬的。”

我脸上挂着勉强的微笑，心里开始盘算着如何对付这一局面。我把比萨饼对折，整个塞到嘴里，但是坚持不把它咽下去。我一边嚼一边含混不清地说：“嗯，真好吃。”我抓起一张餐巾纸，站起身去找洗手间。在离开众人的视线后，我深吸一口气，正要把嘴里这一堆有着臭鞋垫和脏尿布混合味道的东西吐到餐巾纸里，这时候服务员突然热心地跑上前来。

“Toilet?”她关心地用英语问道。

我知道她的服务很周到，可是这个时候我真恨不得找个宇宙飞船把她送到月球上去。含了这么长时间，我觉得那臭臭的东西已经在我嘴里发酵起来，恐怕刷十次牙、漱十次口也没有办法去除它的味道了，我必须马上偷偷地把它吐掉。

“Yes……”我努力地挤出一个字，同时既不张开嘴，又不能把东西咽下去。

“I show you! Very far!”她一边说，一边远远指向偌大商场的另一个角落。

“Noooo……”我实在不行了，等不及走到洗手间了。

现在我面临两个选择。要么就把这臭果和奶酪的混合物咽下去，让我的胃遭受终生无法摆脱的污染，要么就把它吐到我手上的餐巾纸里。在服务员担心的目光下，我选择了后者。我一边发出雄鹿发情般的呻吟声，一边把嘴里的东西全部吐到了餐巾纸里。

“比萨 not good?”

在这一刻我实在想不出还有什么更加不合时宜的问题了。我半摇头半点头地回应了一下，让她自己去体会吧。我知道，对于自己的雇主把榴莲和奶酪一起混合放到比萨饼上去的做法，她也是无能为力的，但是眼下我实在顾不上去关心这些了。我挥挥手示意她没事了，她才迟疑地慢慢走回必胜客，这时候餐厅里的食客已经开始陆续离去。

我还是选择走向洗手间，穿越巨大的商场，感觉好像走了几公里。我用自来水使劲地漱口，尽管上海的自来水是不能喝的，这一点和德国不同。我照了照镜子，发现自己的脸已经和榴莲比萨差不多了。

因为已经离开座位很长时间，我必须要回去找莉萍和她的女伴们了。我深吸一口气，走过一家家的店铺，看着店员在无聊地等待着顾客的光临。在这座大型购物中心里，唯一生意兴旺的就是餐厅。经过必胜客收银柜台的时候，我看到好几个服务员围成一团，“我的”那个服务员正在用夸张的手势演示着什么。她手里拿着一张餐巾纸比划着，同时张大了嘴。由于莉萍在远处向我招手，我不再理会眼前的场景，径直向我们的座位走去。

“你去洗手间了？”她向我眨了眨眼道。

我并不知道这个眼神代表什么，却也神秘地对她挤了挤眼。

“是啊，我去洗手间了。”我一字一顿地说。

莉萍满意地拍拍手。

“好，现在可以走了。姐妹们，走吧！”

我们正向出口走去，这时候那位娇小的服务员拿着账单迎过来。莉萍看向我，我不明就里地看着她，她吃惊地扬起眉毛，我也扬起眉毛。到底怎么回事？

“你不是说你去洗手间了吗？”她对我低声说。女友们这时候已经走到门外。

“我是去了啊。”我老老实实答道。

“那你怎么没结账啊？”

这下我彻底糊涂了。去洗手间和买单之间有什么关系吗？况且这顿饭我只吃了一块北京烤鸭比萨，还留了一嘴臭臭的榴莲味。莉萍皱了皱眉，耐心地向我解释道：

“在中国，不管是和好几位还是一位女士在一起吃饭，作为唯一的男士，你都得买单。为了不显山露水，一般人都是说自己去洗手间，然后就把账给结了。你怎么能让女士掏钱呢。”

我当然乐意做个绅士，只不过内心里有些愤愤不平。如果是我买单的话，那应该是我来点菜，这才符合规矩嘛！我只要一份酥脆美味的经典比萨，什么配料都不要，只有单纯的橄榄油、萨拉米香肠片还有马苏里拉奶酪。不过这个愿望恐怕要推迟实现了，因为莉萍和服务员都还在等我做出回应。我不想毁掉我们的第一次“约会”，于是从裤兜里掏出一张百元大钞递给服务员，对方道声谢谢，接着把账单递给了我。我不得不说，这么一份可怕的暗黑创意比萨，她的老板竟然好意思收取折合10欧元以上的价格，真是恬不知耻。我叹了口气，再掏出一张百元钞票。我现在无比想念上海街头随处可见的羊肉鸡蛋炒面，一份的价格折合欧元才一块五，但是和今天的晚餐相比，真是味美价廉又管饱啊。

不过，为了讨美女的欢心，这又算什么呢。现在站在我面前的两位女士都非常满意地笑了。服务员从柜台后面伸出手来，连同找零的钱一起，递给我一个装比萨的盒子。她向莉萍解释道：

“你男朋友今天吃了我们的比萨感觉不太舒服。实在是不好意思。我们经理说，免费送给你们一份新鲜出炉的榴莲比萨，以表歉意。”

我实在不知道自己应该笑还是哭。

当我和莉萍坐上出租车，终于可以享受两个人的安静时光了。我等待这一刻很久了。

“我觉得她们都很喜欢你。Tiffany 特别高兴你把比萨送给了她。你人真好。”

“我就是这样啊。”我毫不谦虚地回答，心想自己终于做对了一件事。

在出租车司机一路按着喇叭，从无数汽车中间穿梭前行的时候，我从一旁静静看着莉萍。疲惫的她靠在灰色的皮质座椅靠背上，任由汽车的冷气拂去额头上细碎的汗珠。几缕黑发被汗水浸湿，我轻轻为她拂去额头上的碎发，目不转睛地看着她如何在这个千万人口大都市的喧嚣中寻得片刻宁静。

我一边望着她，一边心里充满了疑惑。我实在不敢相信，总有什么地方不对吧。她对于我来说实在是太过完美了。她人又漂亮，又自信又幽默。感觉每个人都很喜欢她。我呢？又矮又胖，也不会讨女孩子的欢心。我这难道是在演一出穷小子征服富家千金的好莱坞浪漫喜剧吗？

仿佛能读懂我的心思一样，莉萍这时睁开眼睛，对我微微一笑。我试着在她漆黑的眸子里寻找一些蛛丝马迹，想知道她的脑海或者是心底究竟在想什么。她也深深望着我的眼睛，我们的脸庞越靠越近。这是进行我们第一个吻的完美时机。可正当我微微张开嘴，突然发觉晚上那块榴莲比萨的味道又从我嘴里散发出来。不行，我必须中断我的初吻行动。这不仅仅是我和莉萍的初吻，也是我生平第一次和女孩子接吻。我可不想让自己这辈子关于初吻的记忆永远和榴莲的臭味儿绑在一起。我的初吻如果有味道的话，必须得是草莓味儿或者是西瓜味儿的，绝不能是榴莲。而我在这万分之一秒的时间里唯一能想出来的招数，就是打喷嚏了。我微微背过身去，把鼻子对着自己的手肘，装模作样地打了一个“阿嚏”。我作势缩了缩肩膀，指向汽车空调的出风口，在接近 40 度的上海桑拿天，如果没有这冷风，恐怕车里会像蒸笼一样热吧。

莉萍略带失望地掏出一张面巾纸递给我。

“师傅，麻烦你把空调关上吧。我们开一扇窗户，要不然我男朋友要冻感冒了。”她说这话时略带嘲讽，我从中听出了失望的语气。

我擦了擦鼻子，暗自祈祷自己千万不要因为这拙劣的演技，毁掉和梦中情人共度一生的千载难逢的机会。然而我没有多少时间去探寻她究竟对我是不是认真的。因为还有 48 个小时，我就要飞回家乡继续我的学业了，这时候德国的大学生活对我来说顿时显得毫无吸引力。

……

我叹了一口气，把行李箱放到等待着的桑塔纳轿车后备厢，用稍微有点过大的力道关上后备厢盖。出租车司机嘟囔起来：

“我这车已经开了二十年，我还想让它再跑几年呢。你们这些年轻人，总是没轻没重的。”

我没有心情去反驳他。过去的这两天，我忙着考试和收拾行李，没有时间再和莉萍见上一面。前一天我收到短信，她说自己要离开上海出差两天，问我今天几点钟去机场。这回她是用英语写的短信，让我可以读得一清二楚，没有任何的猜测余地。

抱着一丝微弱的希望，我再次打开手机，想看看自己是不是漏掉了什么信息。没有，没说什么时候再见，也没说和我在一起很快乐，更没说我是她的意中人。

也许就这样了吧。一支短暂的小插曲，仅此而已。但我们之间仿佛的确是擦出了火花。和她的女友们见面时虽然有些波折，但我相信自己应该还是留下了好印象的。也许最后她们还是投了否决票？又或者是我用打喷嚏来阻止那个也许可以确立恋爱关系的初吻的做法太过拙劣？也许两个因素都有吧。其实我从一开始就很清楚的：我们俩本来就不是天造地设的一对。

天空乌云密布，似乎在昭示着一场夏日暴雨的降临。这场雨也许会给闷热的上海带来几个小时的清凉，不过那潮湿炙热的空气很快就会变本加厉地卷土重来。

仿佛听懂了我的心声一般，几个豆大的雨点落下来，敲打在老旧的桑塔纳车窗玻璃上。我摇动把手关上车窗。

“请送我到浦东机场二号航站楼。”

海水不能斗量

Man sollte das Meer nicht mit Löffeln messen

出租车司机刚刚发动了汽车，正要挂一挡，这时候我听到有人在敲车窗。也许是哪个乞丐想从我这里讨一份告别的礼物吧。我在口袋里翻找着仅剩的一些硬币，我原本打算用这些零钱在机场买杯咖啡的。不过现在也无所谓了，至少还可以在飞机上睡个好觉。过去的几天里，我错过了不少睡眠，这下可以补回来一些了。在出租车司机已经有些不耐烦的注视下，我把车窗摇下来，想要把自己最后的零钱送给乞丐。

“快让我上车，不然我就淋湿了。”

我一抬头，看到了那张我朝思暮想的狡黠笑脸，原本我以为自己只有在梦中才能再见到她了。

“怎么……我的意思是为什么？你不是不在这儿吗？不是，我是说你为什么在这儿？”我隔着玻璃冲着她大声喊道。莉萍笑了，用右手拢一拢短发。在那之前我只见过她两次，但是这个小小的动作每次都能让我心神荡漾。

“你要是不想见我的话，那我就走啦。”

“不，当然不是！”我浑身的疲倦瞬间一扫而光，我猛地打开车门，这时候出租车司机不满地哼了一声。

“师傅，你开始打表吧。”

不用等我说第二遍，他已经用带着白色手套的右手把里程计价器按下来，仪器开始工作。

就在学生宿舍楼的门外，在这上海夏日的雷雨中，我们倚着一辆服役了几十年的大众桑塔纳，迎来了我们的第一个吻。在之后出租车驶往浦东机场的50公里路程中，我们又不知疲倦地重复了很多遍这个美好的动作。我每一秒都沉溺在心跳加速，感觉自己快无法呼吸的现实梦境里。

飞机即将起飞，我正要把背包放进行李架时，发现包里有一个陌生的信封。我把它拿出来仔细察看，上面用黑色毛笔写着一句中文谚语："海水不可斗量。"下面还有一行德语的小字："到德国再打开看。莉萍。"显然是她悄悄放进去的。我开心得简直要飞起来。

我乖乖把信封放回包里，带着满足的微笑在狭窄的座位坐下。刚刚咔嚓一声扣上安全带，我就进入了梦乡。

我的舌头上还留着她嘴唇上的甜香。草莓味儿的。

……

经过十个小时的飞行，和两个小时的车程，我提着行李迈进了父母家的门槛，感觉自己还在梦游一般。在接我回家的路上，爸爸在那里详细地讲述着我不在的这两个月里，老家玛丽海德（Marienheide）发生了哪些事：谁家生了孩子，谁家办了婚礼，谁家又办了葬礼。可是我一句也没听进去。这一切都是真实发生过的吗？在飞机上以及汽车的颠簸中将近12个小时的睡眠，让我感觉更加疲倦。时差，再加上想起莉萍时的心跳加速，都让我看起来更加恍惚。

母亲以她自己的方式迎接我。

“快，到厨房里来，托马斯。你必须要吃点像样的饭。你看起来饿坏了。你在中国是不是没有东西吃啊？我给你做了你最爱吃的。”

她把手在围裙上擦擦干，然后慈爱地捏捏我的脸颊。培根洋葱煎土豆，这是我上次跟她通电话时点名要吃的。现在这些食物正在平底锅上滋滋作响。可是我却突然没有了胃口。我跟父母道歉，说自己想要先洗把脸，稍微休息一下再吃饭。

“吃饭的时候你可得好好跟我们讲讲，你这两个月都经历了什么。我在视频网站 YouTube 上把所有关于中国的视频都看了一遍，中国人可真是什么疯狂的事情都能干啊。你知道吗，在中国，人们可以在麦当劳办婚礼？”

“爸爸，这我可不知道。也许只有一个人这么干过，但是我不觉得这在中国很常见……”

正说话间，我那贤惠的妈妈已经打开我的行李箱，准备以最快的速度把我的脏衣服拿出来，洗掉污渍和汗味。在中国的这两个月里，我只在万不得已的情况下，才会在浴室用手洗洗衣服。就在她想要拉开我背包的拉链时，我突然一惊，把包从她手里夺了回来。

“呃，我这里面装的是学习资料，很重要的。这个包我自己来收拾就好。”

妈妈带着怀疑的眼神松开了那个背包，作为母亲的第六感告诉她，自己的孩子一定在隐瞒什么。我一边走上楼梯，一边听到爸爸还在对妈妈念叨着：

“……我真的在 YouTube 上看到了。他们用汉堡包搞了个婚礼蛋糕。然后麦当劳大叔就是证婚人。”

我翻了翻白眼。以后我肯定还会有足够的机会去扭转我父母对中国的印象。一开始我决定攻读中文专业的时候，他们感到十分怀疑，但是渐渐地他们对我这个充满异国情调的专业充满了好奇。我们生活的这个上贝尔吉施地区村庄，几乎就没有出过什么大学生。这里还是传统观念盛行，年轻人都去学一项正经手艺，接受职业培训。我在高中毕业之后也去银行做了职业培训，我的五个哥哥姐姐中，有两个都是选择的这条职业道路。但是培训结业之后，我清楚地知道，我不想一辈子只是给吵吵闹闹的小学生开设零花钱账户，或者是给青少年用记号笔在复印纸上画图解释建房储金契约是怎么回事，告诉他们只要签了约，最好还是在我们储蓄银行签约，多年之后他们总能实现德国市民阶层的梦想，住上独门独栋的别墅房。所以我在一个安静的周三下午，利用工作时间，在储蓄银行的工作电脑上，填写了一份大学入学申请，我所申请的专业名称包含“中国”和“经济”这两个关键词。我有一种感觉，这份学业迟早会成为自己履历表上精彩的一笔，也有可能成为我实现飞跃的跳板——跳出这个一览无余的天主教圣地玛丽海德，走向广阔的世界。

我小心翼翼地关上房间门，上锁的时候我听到钥匙轻轻转动发出可疑的声响，我敢肯定妈妈此时正站在楼梯口，竖起耳朵倾听，并且百思不得其解，自己的小儿子在两个月的中国留学结束之后究竟带回了什么了不得的秘密。我从背包里翻出了那封经历长途旅行已经有些皱巴巴的信。我仔细地剪开信封一边，确保里面珍贵的信纸不会损坏分毫。尽管距离上次见到莉萍才过去了不到 24 小时，但是我却感觉已经有一个世纪那么长了：每一个细微的画面，每一丝香气，每一次肌肤接触，在我的记忆都是那么弥足珍贵。而这封信，是唯一触手可及、可以感受与她接近的东西。我从信封里掏出厚厚的一叠棕色信纸，拿在手里沉甸甸的。上面写满了小而娟秀的汉字，那一笔一画仿佛都是艺术。我那时的中文基础还不足以从这些横竖撇捺的奇妙组合中对莉萍的文字大意做一番符合逻辑的概括。但是我可以想象，在我出发的前一天，在上海城北一栋高层住宅的 15 楼，她坐在自己的房间里，把心里的话全部都写在纸上。我迫不及待地想要把信中的文字翻译出来，不过这大概需要几个小时的时间。所以我先把信放在一边，给莉萍发了条短信。

我已顺利到家。好想你。

她的回复从将近九千公里外的上海飞到我在德国的家。

信读了吗？

还没有。马上。

几分钟过后，莉萍没有再回复，我把手机合上，扔到了铺得干净整齐的床上。家里干净床铺的芬芳和妈妈精心煎制的土豆，尽管被这些熟悉的香味所围绕是那么的美好；但同时我也一样急切地想要回到我那远在上海的爱人怀抱。我不知道我们什么时候可以再见面，再相拥。

“托马斯，饭好了！”这声呼唤响过了千千万万遍，已经陪伴了我人生的过去25年，成为恒久不变的一个组成部分。每次我都会以最快的速度冲下楼，仿佛在和我的哥哥姐姐们赛跑。然而现在他们都已经独立成家，所以桌上只有三个人的餐具。桌子中央摆着培根洋葱煎土豆的平底锅，我的父母已经双手合十，准备开始饭前祈祷。祷告完后，妈妈往我的盘子盛满了小山一样的土豆和培根，我又在上面撒了两大勺罐装玉米。在我们家，罐装玉米就是配菜沙拉的替代品。原本只是为了图方便，结果多年下来竟然成为我们家搭配煎土豆的传统配菜。“好啦，现在快说说，上海怎么样？你在那边都吃了些什么？那里的人怎么样？你一定要**全部**说给我们听哦！”

妈妈特意强调了最后一句话，我知道她已经预感到了什么。

我很愿意跟他们分享自己的学习情况和在上海的经历，但是我感觉自己陷入了一个困境，过去两个月的经历在我脑海里已经浓缩成一幅画面，一个漂亮大方、脸上带着迷人笑容的短发中国姑娘——莉萍。

但是我不能跟父母说这些，暂时还不行。我的哥哥姐姐找的对象都是本地人，甚至都属于同一个教区。虽然父母现在也觉得我学中文这件事有点儿意思，但是有一点是明确的：他们的小儿子迟早有一天会从这些幻觉中醒悟过来，踏踏实实地找一个有同样生活背景的德国姑娘，在父母家方圆五公里之内的地方安居乐业。他会回到储蓄银行上班，而这种来来回回的长途飞行也将成为过去。我应该怎么向他们解释，这个愿景已经非常不现实了呢。我必须先好好跟莉萍商量一下。虽然我们才认识一个多星期，但是我知道她是一个优秀的战略家，一定可以想出天衣无缝的计谋把一切问题都搞定。

“是这样，培根洋葱煎土豆在中国是没有的。相比西餐来说，中国人还是更爱吃中餐。”

“但那里至少还是有麦当劳的。我在网上看到了。”

“是的，爸爸，这个我们都知道了。”我和妈妈交换了一下不耐烦的眼神。

“不过他们做的西餐有时候可真够特别的。有一次，我和一个，呃，我和几个同学一起去吃比萨。服务员向我们推荐了两种最受欢迎的比萨。你们绝对想不到，他们在比萨上面加了什么配料。你们知道榴莲是什么吗?”

我一边兴高采烈地讲述着关于“臭果”、北京烤鸭和其他奇异美食的故事，一边暗自感到欣慰，终于又可以吃到我连闭着眼都能尝出是什么的食物了。我特别小心地把故事里面莉萍的戏份都转嫁到大学同学，或者是男性的中国朋友身上。这并不容易，因为在无拘无束地讲着故事的同时，我的心思早已经飞到了几千公里外的那个出租车上，我的心上人的怀抱里，而眼前的煎土豆，还有充满好奇的父母，却感觉距离我很远很远。

“中国姑娘长得漂亮吗?”妈妈问道。对我绘声绘色的讲述，她已经表现出不耐烦的神色，仿佛就在等着提出这个问题了。

“其他的姑娘我可说不好，但是有一个中国姑娘，叫莉萍，我可以跟你们说说。你们想象一下，一个东方美人，完美的女性曲线，漆黑迷人的眼睛。而且和普通人想象的不一样，她有一头乌黑的短发，我真想一辈子都能抚摸到那头发。她特别爱笑，每次笑的时候，左侧脸颊就会浮现出一个小小的酒窝。那酒窝不是很明显，但是如果仔细观察她的表情，就会发现。而她的性格又给她的美锦上添花。她特别自信，很清楚自己想要什么。她对任何人都很友好，不管是扫大街的清洁工，还是工作单位的上司。自然，她也是会发怒的。只要她皱起眉头，下巴上扬，你就得小心了。不过我倒是觉得，她在生气的时候反而还更迷人呢。”

我真希望自己有勇气就这样面对自己的父母，在玉米和煎土豆的见证之下，将心中爱的告白和盘托出。但是很遗憾，我并没有这样的勇气。

“谁？中国姑娘吗？呃，说实话我根本就没怎么注意。我学习太忙了，中文很难学，我整日整夜地窝在宿舍里背生字。”

妈妈满腹狐疑地看看我。

“是啊，而且跟中国女孩子交往也太复杂了。两种完全不同的文化，中国又那么远。坐飞机要飞十个小时，要是你们去中国看我的话也太辛苦了。况且，中国菜也不是每个人都喜欢吃。”

“哦，不过至少那里还有麦当劳。”爸爸还是没有放弃这个话题。

我没有回应，心里对自己感到无比恼怒。就算我现在没有勇气向他们讲述我在中国经历的爱情，那我也不应该刻意去破坏他们心目中对这种事情的印象。我这个人就是这么奇怪，有时候话都说出去了，我才开始思考。这不会给我的德中爱情历险带来好处，这一点我心知肚明。

“不过我必须要说，亚洲小孩子还真是特别可爱呢。”

我意外地看了看妈妈。她的第六感似乎告诉她，有些事情已经在酝酿之中，她迟早要做好准备应对这一切。

这时我觉得自己吃饱了。吃饱喝足再加上旅途疲惫，我已经很难集中精神，再这样下去难保不会说漏了嘴。我跟父母道声晚安，回到了自己的房间。

不过，我早早回来的最重要原因，藏在我写字台的中文书本底下。我人生收到的第一封情书，正在等着我去绞尽脑汁把它翻译出来。

我把椅子搬到桌前，拧开台灯，从抽屉里拿出我那厚厚的汉德字典。

莉萍的字迹娟秀，运笔流畅，每句话最后都以一个标准的句号收尾。有时候她也会用感叹号，用来强调语气。尽管这一字一句看起来是那么令人赏心悦目，但是要把它们翻译成德语可真是件苦差事。我拿出一张空白的横格纸，开始了万里长征。我逐个从字典里查出每一个字的德语意思，写到纸上。有时候我还要反复地划掉一部分笔记，重新组织句子。有些字她写得比较潦草，我甚至要花上好半天的工夫，才能根据上下文辨别出应该是哪个字，从而连成一个语意通顺的句子。长达数小时的工作终于结出了硕果，时钟指向午夜的时候，我手里捧着自己所能想象到最优美最浪漫的情书，爱不释手。

人不可貌相，海水不可斗量。

亲爱的托马斯，我的小胖子，

我永远不会忘记你走进我生命里的那一天。尽管我们在一起相处的时间很短，但是我发现你是一个善良而正直的德国男人。（或者更确切的说法是一个小男孩？每次吃东西你都会沾到衣服上……）

我们在派对上第一次见面的时候，我就觉得你特别可爱。你那圆滚滚的肚子，还有圆圆的眼睛，立刻让我联想到那只在我床头陪伴了我整个童年时光的巨大的泰迪熊。

我们握了握手，你自我介绍道："你好，我是托马斯。"然后你的脸一下子就红得像猴子屁股一样。

你的手上全是汗，握完手之后我感觉自己像刚洗过澡一样。

尽管那晚你的脚奇臭无比……

所以她还是发现了……

尽管你的舞姿是我见过最差的，尽管你真的不知道在第一次见面的时候，该跟女孩子说些什么……

我跟她讲了德国的税法有多么复杂。凡是在德国自己填过报税单的人，应该都会同意我的说法吧？

尽管你一直叫我“美女”……

这就好像称呼自己的德国女友为“烤鱼（Backfisch）”一样的老套而不合时宜。

尽管如此，在握住你汗津津的手那一刻，我知道：你就是我的真命天子。

我从来都不相信一见钟情，甚至也不太相信什么伟大的爱情，直到你的出现。我看见了你清澈纯净的眼神里，透露出的善良和温柔。

那个夜晚，我们走出酒吧，站在房顶上呼吸新鲜空气的时候，我看到的一幕告诉我，自己的选择是对的。

当时街上有两个男孩开始打架，有一个男孩被按在地上，情况很危险，有好多人都看到了。那些男人都比你苗条，比你高大结实，也比你长得帅气，但是我的小胖子，你是唯一站出来的人，一边大喊“HELP!!! HELP!!!”，一边毫无畏惧地冲向他们，用自己胖胖的身体拼命把打架的人拉开，救出在地上的男孩。在那一刻我就知道：人不可貌相，海水不可斗量。

在眨眼之间，你就从温顺的泰迪熊摇身一变，成为我心目中的超级英雄。

幸福的时光总是过得最快，我一想到这里就忍不住要落泪。当你读到这封信的时候，你已经距离我几千公里远了。（除非你不听我的话，在飞机上就打开了信封。）

我们相识虽然只有短短几天，但是我现在却感觉自己没有你就无法生活下去！

此外，你虽然讲了很多关于德国税法的东西，却没有告诉我你对我是什么感觉。我很喜欢你，希望你也是如此。还是说我过于乐观自信了？

我相信，有一种力量在冥冥之中指引着我们的人生道路，让那些有缘的人在途中相遇。这股力量，不管你把它定义为命运也好，老天爷或者是上帝也罢，都是一样的。如果你能读懂这些文字，那就是命中注定，我相信我们会有一个共同的未来。我知道你的中文字还不认识这么多，所以我特地用中文写了这封信，因为我相信如果你能读懂它，那说明我们真的有缘分。

再会，我的又矮又胖流汗不止的超级英雄。

你的莉萍

我抱着这封信，把中文原文和德文翻译来来回回读了不下十遍。我想看看，自己有没有把哪个地方翻错。我不可能这么幸运的吧。也许我把信纸整个拿倒了，而倒过来就是完全不同的意思？我把信纸上下颠倒过来，嗯，倒过来什么意义也没有。我的心在狂跳，胸腔简直快要爆炸了。我既为自己收到这样一份无比美妙的爱情告白而感到满心的幸福，但对莉萍的想念又在撕扯着我。在这一刻，我没有别的愿望，只想要回到她的身边。什么也不用说，只需要静静守在她身边，再也不让我的梦中爱人离开我半步。

我把信纸凑到鼻子跟前，指望着能从上面闻到一丝莉萍的香水味，从而感觉上距离她更近一点。然而上面只有胶水味和干掉的墨水味。好吧，不管怎样，我们又不是在演一出好莱坞浪漫爱情剧。我的鼻子还凑在信封胶条上闻，这时候响起了敲门声，我迅速把信塞到学习资料下面。

“怎么了？”

妈妈把房门推开一半，站在门边。

“你还没睡啊？”

“我还在复习单词。学中文就是这样，必须要很努力。”我其实也没说谎。今天晚上，我的中文理解能力已经取得了巨大进步。

“别睡得太晚了。坐飞机肯定很累。”

妈妈走进房间，轻吻我的头发，然后摸摸我的脸。

“不管你将来要去哪里，爸爸妈妈都会支持你的，知道吗？”

所以她真的是察觉了什么。不过我当然还是守口如瓶。

“我能到哪里去呢？我生在这里，将来也会老死在这里的。”这其实也不是假话。只不过在出生到离世之间的这几十年里，我要在哪里生活，还是暂时不说了吧。

“好，那到时候再看吧。快去睡吧，我的儿子。”我们两个人都预感到，那个家中最小最受宠爱的儿子，每逢周末和学校假期就会跑到妈妈那里蹭吃蹭喝，再让妈妈帮忙洗衣服的时光，正在逐渐走向尾声。

我到床上躺下后，觉得自己还想再看一遍莉萍的信，就起身走向书桌。我吓了一跳，原来刚才自己只是把中文的信纸藏在书底下了，但是被我写写画画的德文翻译，却敞开着躺在桌面上，十分醒目。妈妈即使看到了纸上的内容，肯定也会表现得不动声色。我的表演天赋显然是从她那里继承而来。

我把信纸都塞进抽屉里，重重地躺回床上。现在我终于可以踏踏实实地睡个懒觉，度过一个悠闲的周末了。下周一我还得继续回大学去苦读中文。我已经累得像条狗，但是我还欠莉萍一个回信。如果用中文写一封充满爱意的回信，再加上邮寄的时间，等她收到还需要很久，所以我用英语写了一条短信：

我读懂了你的信。（爱心）

我的手机竟然还能打出一个黑白的心形标志。我迟疑了一下，又迅速加上了一句**我爱你！**，然后不给自己留重新考虑的余地，直接按了发送键。

就这样了。我对一个女人表白了自己的爱。她一定也爱我。我确信。

赶鸭子上架

Die Ente auf den Ast treiben

那天夜里，我梦见自己坐在出租车的副驾驶座位上。外面大雨如注，司机使劲拍打着计价表，但是那机器偏偏不听使唤。他带着怒火猛踩油门，好像要以此来吓唬计价器一样。我转过身去，看见我的妈妈坐在后排，怀里抱着一个亚洲宝宝。我爸坐在她旁边，不耐烦地盯着我，孜孜不倦地问道："我们是不是该去麦当劳了？什么时候去麦当劳啊？"

当我在窗外的鸟鸣声中醒来时，我整个人都糊涂了。在上海，我每天早晨都是被汽车马达的轰鸣声和卖葱油饼茶叶蛋的小贩的叫卖声吵醒的。我睁开眼睛，出租车司机和亚洲宝宝都消失得无影无踪。虽然莉萍没有在梦里出现，但是我并不在意，因为她已经成为我现实生活的一部分。不过从目前来看，我们在接下来的一年里恐怕都要依靠电脑屏幕和照片来聊解相思了。我睡眼惺忪地拿起手机，17 点。还是上海时间。在这一刻，我意识到未来等待我们的是什么。每天我还没吃早饭的时候，莉萍可能已经在去吃晚饭的路上了。

我打开手机的短信收件箱，她给我昨天的短信只回复了几个字：**我也爱你**。

这时候我再也按捺不住心中狂喜，把印花棉被一把掀开，跳起来打开窗户，对着窗外大声喊了一声："嗬呼——"

邻居家养的母鸡被我这一嗓子吓得不轻，咯咯叫着四散跑开。邻居拉开厨房窗帘，恶狠狠地瞪了我一眼。我的行为可能会导致他今天少收获几个鸡蛋。但我才管不了那么多，我幸福得快要飞上了天。

“你在楼上没事儿吧?”我听见爸爸的声音从楼下传来。我草草套上一条运动裤和一件T恤衫，一步跨两级台阶，兴高采烈地跑下楼。爸爸坐在厨房的餐桌前，手里端着咖啡，面前摆着一份周六版的《上贝尔吉施人民报》，用惊奇的眼神越过老花镜上边缘看着我。

“我就是感觉回家真好。这里的空气太清新了。”

我按下咖啡机的按钮，不到几秒钟，咖啡豆的醇香混合了新出炉的面包香，围绕着我弥漫开来。作为一个德国人，不管你在国外生活多久，只要闻到这熟悉的香味，都会感觉从胃一直暖到心窝里。我拿起红色的面包刀，把香脆的全麦面包从中间剖开，这时候爸爸把报纸的地方新闻版递给我，用右手指着版面最上方的一张照片，我凑过去看右侧紧挨着照片的文字：

本周新婚

这个周末，在玛丽海德的吉姆博恩城堡，来自古默斯巴赫的马蒂亚斯·考泽曼（31岁）和他的韩国新娘尤娜·考泽曼-朴（29岁）在家人的见证下喜结连理。这对新人未来将在韩国首尔定居。

照片上那个一脸幸福的新郎有着浓密的金发，他的妻子非常漂亮，黑色长发在头顶盘成一个精美的发髻，身材娇小的她自信而快乐地对着镜头露出一口珍珠般洁白整齐的牙齿。

“怎么了？我虽然不认识他们，但是也替他们高兴啊。他们看起来很幸福。”现在是最佳时机，告诉父母自己跟莉萍恋爱的事儿。就像莉萍在信中写的那样，仿佛是冥冥之中的那股“力量”，这一刻我突然听到妈妈开着她那辆丰田汽车回到家的声音，每个星期六的早晨，她都会开车去采购。

我不敢想象，我那笃信天主教的父母，面对一个来自信佛家庭的中国女孩，会是什么反应。要想得到他们的祝福，比赶一只鸭子上树还难——根本就是不可能完成的任务。但这时我仿佛看到莉萍出现在我面前，对我鼓励地眨眨眼。我暗下决心，一会儿妈妈进来，我就告诉他们。他们不会气出心脏病来的。然后我就拿出莉萍的照片给他们看，这么漂亮又可爱的姑娘，他们很快就会扭转心意，欣然接受她成为自己幺子身边的女人。我握紧双手，关节都因为用力而微微发白。

“我告诉你，这样的照片，”这时候爸爸又指向那张报纸，“我可不希望也出现在我们家里。”

我瞟了一眼他身后的墙上，那里挂着我的哥哥姐姐们的结婚照片。他们都是在当地找的对象，然后在本地教堂举行的婚礼。我想象着自己身穿西装，莉萍穿着一袭白色婚纱，我们的结婚照如果也挂到墙上，和哥哥姐姐们的结婚照放在一起，多好啊。我内心暗自微笑。但是爸爸显然对此不感兴趣。

“一开始看起来都是美好的，但真正到了过日子，不同文化之间的差异太难磨合了。他们的风俗习惯和咱们相差太远。当然还有宗教信仰差异。就连吃的东西都很不一样，你自己也是这么说的。”

“不过，韩国最起码还有麦当劳呢。”我半开玩笑地说。

“即使我和你妈妈，”爸爸指着后院方向说，“我们当年也有问题。我们只是来自不同的村镇，都有文化差异呢！”村镇文化差异理论，我这辈子还第一次听说，不过爸爸这么说的时候语气非常坚决。

“我们也觉得中国很好，但是你要是给我们娶个中国儿媳妇回家，我怕你妈妈受不了。”

我本来想反驳他说，妈妈知道的也许比他想象得更多，但是他应该听不出这其中的话外音。那股冥冥之中的力量告诉我，也许现在并不是告诉他们未来要和中国家庭联姻这件事的最好时机。我的计划还是暂时推迟吧。我站起身去帮妈妈把购物袋拎进门。

“我今天买了春卷，中午就炸给你吃，这样你可以慢慢适应家里的饭菜。”她一边盖上汽车后备厢，一边兴冲冲地对我说。

……

回到大学之后，我做的第一件事就是斥巨资买了一台智能手机，这样才能收发中文短信，以及跟遥远的上海进行视频通话。

我们的异地恋日常是这样的：我们会时不时地发短信告诉对方自己在做些什么，有多想念彼此，多么爱对方。我对这小小的电器真是又爱又恨，它让我感觉自己的爱人是那么近在咫尺，但实际上却是远在天涯。每天下午下课之后，我都会急忙赶回宿舍，就是为了和莉萍视频聊天，然后跟她道晚安。

“怎么样啊，我的美女?”我半开玩笑地说。我的中文水平进步神速，我们对话时需要掺入英语的情况已经越来越少了。

“怎么样啊，我的小胖子?”

有时候我们可以隔着手机屏幕互相对视几个小时，即使不说一句话也不会觉得有丝毫尴尬。只要能让我们不受外界的干扰，静静看着对方，我们就已经很幸福了。

有一天，大概是我回德国两个月后的时候，我们讨论了很多。

“我昨天跟我父母说了我们的事情。”莉萍说。

“怎么样?”

“我没直接跟他们提起你。我只是问，如果我跟一个外国人在一起，他们觉得怎么样。”

“他们怎么说?”我紧张地问。

“我妈妈说，只要不是意大利人就行。她说意大利男人虽然很浪漫，但是太恋母，而且花心，经不住美女的诱惑。”

我大笑起来。显然莉萍妈妈知道有关卡萨诺瓦这些意大利情圣的故事。

“可是我爸爸强烈反对。他说我太不知感恩了。他们辛辛苦苦养了我二十多年，结果就这么被女儿没心没肺地抛在一边。我自己跑到国外过着花天酒地的生活，他们却只能孤零零地在中国想念着自己的女儿。”

尽管这是个严肃的话题，但听到这些我还是忍不住笑了。因为从莉萍过去的描述中我知道，她父母是很会享受生活的，非常喜欢和朋友聚会、打麻将、喝酒，即使没有女儿在身边也能过得丰富多彩。

“然后他还说，如果我跟外国人结婚，他就和我断绝父女关系，剥夺我的继承权，也不会认我的孩子作外孙。”

“那你怎么说?”

“我说，如果是这样的话，那对于我的孩子来说，不认识这样毫无包容心、思想僵化的人可能是最好的。然后我就站起来走开了。”

我佩服地拍了拍手。这个女人实在是太棒了！我可以从她身上学到很多东西。真希望我在面对自己的父母，向他们坦白我和莉萍的恋爱关系时，也能有这样的勇气。

“你实在是太棒了，莉萍。不管德国和上海的这些长辈们说什么，我们一定会成功的。”

“我真搞不懂。我们只是相爱，又没犯罪。我们在一起，也不会妨碍到其他人。”接下来她狡黠地说，“除了我的那些仰慕者啊，他们恐怕这辈子都会闷闷不乐了。”我抗议地撅起嘴，但是却抗拒不了她那富有感染力的笑，只好认同她的话。

“我们这么办：你先跟你父母说。然后我们再商量怎么搞定我父母。你爸妈肯定比我爸妈好说话多了。你一定能行的。”

我虽然心里没底，但是也同意她的计划。下周末回家的时候，我就告诉他们。绝不再拖延。

此时的上海已经是深夜，我们对着手机镜头互相吻别。在这一刻，我想象着莉萍嘴唇上的草莓香味。再过几个月我就可以亲吻到真实的她了。我申请在复旦大学完成最后两个学期的学业，已经获得批准。美好的未来就在前方。

……

接下来的周五晚上，我提着满满一旅行袋脏衣服，饥肠辘辘地走下德铁地区列车时，我心里暗下决心，必须要尽快地让父母知道我恋爱的事情。

晚饭桌上，我开始努力寻找思路。

“爸爸妈妈，呃，我想问你们个事儿，呃，其实是想要跟你们说个事儿。”

他们俩饶有兴趣地看向我。

“呃，是这样的。还记得我在中国吗？”

我咬了一口面包，开始慢慢咀嚼。

“我在中国的时候，有一次，呃，就是我去吃比萨的时候……”

我喝了一口茶，把面包咽下去。

“就是吃榴莲比萨的那个晚上……”

渐渐地他们开始怀疑，我到底还能不能在今晚把重点说出来，是不是要做好晚睡的准备了。妈妈站起身来，开始收拾餐具。就在我支支吾吾说不清楚的时候，他们都已经吃完了晚饭。

“对，就是吃比萨的那天，到底发生了什么？到底怎么回事啊，托马斯？”妈妈略有些不耐烦地问道，同时还在麻利地把盘子杯子收拾到洗碗机里。我又咬了一口自己的火腿面包。

“在中国，吃比萨的时候，我和……”

我感觉两双感兴趣的眼睛向我看过来。

“我的意思是，我那时候就想，呃，要不然咱们这个周末一起去中餐馆吃饭吧？我请客！”

我心里在暗暗地抽自己耳光。莉萍在她写给我的情书里，还夸赞我是个超级英雄，可是我连向父母坦白自己爱上了一位这么出色的姑娘这件事都做不到。要是她现在人在这里就好了，凭借她的魅力，她那富有感染力的笑，一定不出片刻就能够赢得我父母的心。可是我要怎么向他们描述这个女人呢？我虽然只见了她几次，但是却好像已经认识了她一辈子？

“当然好啦！你知道的，我们特别爱吃中餐。他们做的烤土豆是这一带最棒的。”

等等，我知道了。我应该直接让莉萍去跟我父母做自我介绍！然后她就可以凭借幽默和人格魅力把他们直接拉到她那一边。我买了这么贵的智能手机是用来干什么的？这不就是派上用场的时候吗！即使在我们这个小镇上，现在也有移动信号了，虽然速度还不是很快。我为自己的机智谋略感到兴奋不已！应该让莉萍和我父母通话。

“那就定在周日下午吧？”

“好的，周日下午！我马上就告诉她！”我激动地回答道。

我的父母不解地看着我。

“告诉谁？”

这时候我才发现，我满心期待的是让他们和我的中国女友见面，而我爸爸高兴的是去我们村儿里那家为了迎合德国人口味而改良过的不正宗中餐馆吃自助。

“卡塔琳娜！”

我松了一口，勉强蒙混过关，“我是想问卡塔琳娜要不要和咱们一起去吃中餐。”

幸好我想到了我的姐姐。她总是很愿意加入我们。

……

到了周日下午，那家餐馆的烤土豆和北京酸辣汤都让我毫无胃口。时间在一分一秒地流逝，很快我就得回学校了。我还是什么都没说出口，但是还是得交差啊。到了晚上，我想我得跟莉萍通个话，告诉她情况。否则我在她心目中可能就不再是超级英雄，而是泰迪熊了。泰迪熊可能一时很招人喜爱，但是时间长了就会被丢在一边的。

回到房间，我把门关紧，拿出手机，拨通了和莉萍的视频通话。

“嗨。”我轻轻地说，不敢直视手机镜头。

即使相隔千万里，即使图像并不清晰，但莉萍很快就意识到情况不妙。

“他们把你赶出家门了？”

“没有，当然没有。我还没能开口跟他们说。我想，要不然你……”

我看到她脸上浮起伤心的表情。

“你爱我吗？”

“爱。”

“那你将来想和我在一起吗?”

“当然想!”

“那你就必须要告诉他们。再过几个月，你的学期结束，你就要回中国读书了。如果你父母要来中国看你怎么办？你也不让他们见我？我也不能认识他们？这就是你想要的吗?”

她伤心的面容上又多了一丝恼怒的娇嗔。这当然不是我想要的。

“当然不是啦。”

这时候视频图像卡住了，我没有马上听到莉萍的回答。我们这边乡下的网速自然不能和上海相比。手机里发出几声滋滋啦啦的声音，这时候模糊的图像才重新定格在正确的位置，我又可以清楚地看到莉萍了。

“好，那你现在就按照我说的去做。”那个满腹韬略的莉萍又来了。

“你父母现在在哪里?”

“在楼下客厅里呢。怎么了?”

“你现在立刻下楼去，把他们带到这里来，我要向他们介绍自己。我就告诉他们，我爱你，我想和你在一起，然后你也说同样的话。”

“你要用德语说吗?”

在过去几个月里，莉萍很努力地学习德语，参加网络课程，背单词记语法。

“当然了，我可以的。”

“好吧，你只需要跟他们说，你想要直接跟他们说话，想要介绍自己。余下的我可以给你翻译。”

“好了，现在快下楼去。”

这个女人，说一不二。她是真的想要执行这个计划，而且她是对的。长痛不如短痛。尽管如此，我心里还是忐忑不安，我把视频通话开着，把手机支在一本书旁边立着。我知道，教会和宗教对我父母来说多么重要。但是没有办法，我就是爱上了一个来自别的国度，来自不同文化背景的姑娘，而且我是那么的确定，她就是我此生的唯一。

我慢吞吞地拧开房门锁，按下门把手。家里的楼梯，我平时蒙着眼都能轻松走下去，这一次却感觉每一步都在迟疑和摇摆。我有点害怕自己因为腿软而摔倒在半路上，所以就直接站在楼梯上往楼下喊。

“爸爸妈妈，你们能上来一下吗?”

没有人回答，但是我听到报纸被放下、书本被合上的声音。他们应该也意识到，我应该有什么重要的事要说。因为平常我们聊天都是在厨房或者客厅。我已经记不起上一次爸爸过我的房间是什么时候了。这也许是因为我们父子俩有很多根本上的差异。他非常注重细节，喜欢规规整整；而我则只有在书桌上堆满书本，床上堆满衣服，书架上积一层厚厚灰尘的状态下，才能感觉舒适。

当父母上楼的脚步声响起时，我听到后面莉萍在低声复习着一些德语单词，从手机里断断续续地传过来。

“sprechen …, persönlich …, … stellen, mit lhnen …”

（“说话……，亲自……，介绍……，向您……”）

我的妈妈先走到楼上，作为一个家庭主妇和六个孩子的母亲，奔波忙碌让她保持着充满活力的状态。尽管她已经不像我小的时候走路那么快，中途也经常需要停下来喘口气，但是从她行动的果断干脆，能看出这是位几十年来一手撑起整个家庭的能干女性。

“到底怎么了？发生了什么事？”

“我希望你真有什么重要的事，才值得让你爸在周日的晚上这么楼上楼下地跑。”爸爸跟在妈妈身后，气喘吁吁地抱怨道。

“我想给你们看一个人。”

房间里唯一的光源就是手机显示屏的蓝光，屏幕上可以看到莉萍的脸。带着欣喜的期待，她的嘴角已经挂上了最甜美的微笑。我父母刚一进门，还没来得及注意到桌子上的手机，我爸爸在抱怨我的房间“乱得像猪窝”，而妈妈已经勤快地开始帮我叠起了扔在床上的T恤衫。

“哈啰!”莉萍的声音从手机小小的扩音器中传出来。与此同时，我的父母才把注意力从房间里的混乱转移到倚在一本德汉词典上的智能手机。因为都没戴眼镜上来，他们俩把脸凑到了屏幕跟前，吓得莉萍不自觉地往后缩。从视频通话的小窗口里，我发现莉萍那边看到的画面是：我父母的鼻子特写。他们俩正在盯着这个跟他们说“哈啰”的新奇玩意儿看。莉萍没有被欧洲人的高鼻子吓到，她稳住阵脚，用刚刚学会的德语一板一眼地说：

“你们好，我是莉萍，托马斯的女朋友。”

我的爸妈被吓得后退一步，转过来用询问的眼神看着我。我只能对着他们傻笑。好了，现在总算说出来了。莉萍现在可以看清楚我爸妈的完整面容了，她毫不怯场地继续说下去。

“是这样的，”她清了清嗓子，“我和托马斯经常一起睡觉。”

天哪，她把德语“说话”（sprechen）和“睡觉”（schlafen）给搞混了。我顿时开始觉得太阳穴火辣辣地疼。按摩大法必须要使出来了。我一边用食指和中指揉着太阳穴，一边看向父母。他们俩像被施了魔法一般站定，动也不敢动。莉萍太专注于德语表达，根本就没看到我站在黑暗的角落里，在试着帮她纠正。我无声地用嘴唇示意她：

“是说话，sprechen，不是睡觉，不是schlafen!”

我把每个音节都强调得很清楚。然而她对自己的德语特别自信，根本就没注意我在干什么，而是继续跟我父母说话：

“我经常和托马斯一起睡觉，现在我也很想和您二位一起睡觉。”我的眼睛睁大了，从手机屏幕里我能明显看到父母的表情都快僵住了，对于如此保守的他们来说，莉萍的自我介绍还真是与众不同，耐人寻味啊。

“我想向您介绍一下我自己……”这时候网络信号不佳，视频图像又卡住了，我们听不到莉萍是如何自我介绍的。屏幕定格在莉萍为了强调自己说的话，特意张大嘴的画面。妈妈手里还拿着那件正要叠起来的T恤衫。这件衣服被妈妈攥得很紧，恐怕要变得比原来更皱了。

“呃，嗯，这就是莉萍，我的中国女朋友。我们是在上海认识的。她想用的词是说话，意思她跟我聊天，不是睡觉。而且，我们根本都还没有……”

“非常感谢你们！”这时候莉萍的声音突然又从手机里传出来。

接下来就是长时间的沉默。

“哦，呃，不客气。”

妈妈先挤出了这么一句话。因为信号不好，我们根本也没听到，莉萍要感谢的是什么。

“你德语说得不错，就是有些单词可能还得复习一下。”爸爸打趣道。这样的反应令我十分意外。我根本没料到，他竟然还有心情开玩笑。

“你的名字能再说一遍吗？”

“莉萍。”

他们俩试着模仿着发音。

莉——萍，莉——萍。

“这名字很好听嘛，”爸爸突然大声道，“莉萍，听起来就像是 Liebling。”害怕莉萍没听懂，他还特地凑近手机镜头，现在图像变成了他的嘴部特写。“你知道吗，Liebling 在德语里是亲爱的，就是 Darling 的意思，明白吗 Liebling？哦不对，我的意思是莉萍，”爸爸为自己的幽默感到很得意，“只有托马斯才能叫你 Liebling。”

“呃，对，是的。莉萍，认识你非常高兴。我们现在就让你们俩单独聊吧。你那边现在是几点了？”妈妈看了看墙上的挂钟。

“凌晨两点。”

“那好，晚安吧。我们也该睡觉了。”

尽管我的父母都有严格的作息时间，但我知道八点就上床睡觉还是有点太早了。不过我心知肚明，对今天得知的消息，他们现在需要消化一下，所以我跟他们也道了晚安。这一切跟我想象的实在是太不一样了。房门在他们身后刚刚关上，很快又打开了一些，我看到妈妈背着从外面透进来的光，悄悄探身进来。

“她没怀孕吧？”

我气急败坏地摆摆手，示意她快出去。

“哎呀妈妈，我们俩根本都还没有……”

我还没来得及透露自己恋爱生活的更多细节，妈妈就把门关上了，我对着手机屏幕笑了笑，才发现莉萍已经趴在她的书桌上睡着了。

赶鸭子上架行动，总算是成功了。

……

经历了人生的这一堂课之后，本着“不要为还没发生，而且可能根本不会发生的事情吓破了胆”的精神，我和莉萍庆祝这奥德赛史诗级的第一场胜利。然而下一场战役等待我们的不是海神波塞冬，而是一个名叫虎爸的可怕人物。我们私底下偷偷管我那未来的老丈人叫虎爸，是因为——根据莉萍的种种叙述——他是一个不可捉摸且难以征服的人，就像猎区放养的老虎一样。

我的父母呢，在我将要娶个中国媳妇这件事上，他们是小心翼翼地试探前行，好像怕打碎珍贵的瓷器一样。在澄清了是否已经怀孕这件事之后，他们的问题大多是围绕我们的未来生活。

“你们将来要在哪里生活？”

“你们的孩子要在哪里上学?”

“她什么时候到德国来?”

“我们什么时候可以去中国看你们?”

当然还有:

“但愿你们的孩子将来可以长得像莉萍,中国宝宝都好可爱啊。”

“知道了,妈妈。”

……

我和莉萍之间的爱情也进展十分顺利,虽然我们共同的时间只局限于每天在手机上的视频聊天。如果一对情侣能够在一起相处好几个月,不需要通过身体上的亲密接触来弥合思想上的分歧,那么他们很有可能将会迎来一个美好的未来。而精确地说,我和莉萍的这个美好未来将在 101 天之后开始。

“还有 101 天,我就要飞到中国啦!”在晚饭桌上,我兴奋地对父母宣布。这个天数是我用智能手机算出来的,这些玩意儿可真好使啊!

“是吗,那我在那之前至少还要再给你做一百顿好吃的东西。”

我的父母已经逐渐变成了中国专家,对于他们,尤其是我妈妈来说,要接受我的生活中心不再是玛丽海德和教会还是相当艰难的。正因为我非常清楚这一点，所以更加为他们的好奇心感到欣慰。他们会把报纸上所有关于中国的文章剪下来，把网上所有关于中国的视频都看一遍。他们也想知道自己的小儿子未来将在什么样的环境里生活。尽管如此我的妈妈还是坚信，在中国没有什么像样的吃食，尤其是对德国胃来说。我也不去试着纠正她，因为每次别人夸她做的传统德式饭菜特别美味——最重要的是特别管饱时，她的眼神都会焕发出幸福的光彩。

我周日早晨不再陪他们去教堂礼拜，而是更愿意躺在床上跟莉萍视频聊天，虽然这让我的父母感到有些伤心，但是有一天我开着窗户，听见爸爸在和那位养鸡的邻居说话。

“我们的儿子很快又要去中国读书了。”

“一个人去吗?”邻居一边收集着新下的蛋一边说，“你们一点也不担心？我在电视里看到，他们吃的东西都很奇怪的。”

一只母鸡咕咕叫起来，仿佛在附和他的说法。

“哎呀，至少那里也有麦当劳的。而且他在那里也不是一个人。他现在有个中国女朋友，叫莉萍，念起来就像 Liebling 一样，这样你就容易记住了。”

我不知道邻居是否有兴趣记住邻居家儿子的中国女友的名字，但是我能听出来，爸爸的话语中带着那么一丝自豪感。如今他们不仅已经接受了我们的家庭生活半径从上贝尔吉施小镇方圆五公里向东拓展了一千倍的这个事实，而且一想到未来可以在通讯软件 WhatsApp 群聊里向我的叔伯姑姨炫耀自己在长城的照片，他们还感觉十分骄傲和期待。不要以为只有年轻人才中了社交媒体的毒。其实在我的亲戚圈里，父母那一辈的人也在进行着一场真正的秀图大赛，大家都在暗自较劲，看谁的照片最美，谁度假的地方最具异国风情。我爸妈如果能秀出一张站在长城上的照片，配上笑出眼泪的表情符号，绝对能在亲戚圈最佳度假照片排行榜上傲视群雄。我带着微笑，给莉萍写了一条短信：

我爸妈很期待在不久的将来和你见面。

第二天早晨，有人敲我房间的门。令我意外的是，站在门口的不是妈妈，而是爸爸。从上次和莉萍视频聊天之后，他就没有再到楼上来过。进来之后，爸爸沉默了一会儿，用他那双因为劳作而粗糙的手，不安地摆弄着手里的一个小物件。

“拿去，这是专门给你的。”

说话间，他递给我一根黄色的卷尺。我看着这不同寻常的礼物。

“呃，谢谢？”

“你知道，我当年在服兵役的时候，跟你的妈妈，那时候还是我女朋友，好几个月都不能见面。”我的父母在苏联，今天的哈萨克斯坦出生和长大。当时每个年满 18 岁的男青年都必须去苏联红军服兵役，我父亲也不例外。

“在我出发之前，你奶奶送给我几根卷尺，每一根就象征着在兵营里的 150 天。我把它挂在我的柜子里。每天早上穿上军服的时候，我就用指甲刀把卷尺剪短 1 厘米，这样我就能看着距离重逢的时间一天天缩短。”

我把手里的卷尺取开来，仔细观察着上面的每一个刻度。我发现卷尺的其中一端短了一截。

“因为当时还有最后 100 天了，所以这条卷尺上我只剪掉了 50 厘米。你今天晚上回学校的时候，可以把它挂在你的宿舍房间里。这样你就会感觉时间过得飞快，一转眼间就到中国见到莉萍了。”

我抬起头，我能从这个距离感觉到父亲也有些伤感，因为这就意味着他们最小的儿子又要和他们分别好几个月。我还没来得及再次道谢，他已经急匆匆地关上门离开了。

那天晚上，我回到学生宿舍，找来一根图钉，把卷尺固定在墙上。我看着这个简易明了的倒计时工具，现在它还很长。我在抽屉里找出来一把剪刀，把卷尺上刻度 100 厘米的那一小段剪下来。还有 99 天。我给剪下来的那 1 厘米拍了照片，发给我远在上海的爱人。

……

的确如此，余下的99天，在各种期终考试，每天剪下1厘米的小小仪式以及为出国留学准备行李的忙碌中，过得飞快。

在出发去中国之前的最后几天，我和莉萍之间的谈话几乎全部围绕着一个话题打转，那就是怎么才能说服她的父母接受我们两人之间的爱情。现在我的父母已经被拉上了船，我们的任务就是勇往直前，继续征服她父母的心。直到我登上飞机，我们也没商量出一个真正的计划来，但是当飞机在起飞跑道上疾驰的时候，我感到充满信心。不管怎样，我们一定能成功的。

刀子嘴，豆腐心

Messermund und Tofuherz

可是现在呢，我和莉萍站在上海城北一处昏暗的地下车库里，和老虎爸爸不期而遇。在顶棚吊着的白炽灯泡微弱的光线下，我暗下决心。

现在到了展示我英雄气概的时刻，我以一种保护者的姿态，拿出自己全身的分量（不瞒你们说，我这体重的体魄冲出去，可能一头真的老虎都要害怕得抖三抖）向莉萍爸爸冲过去，准备以一己之躯抵挡即将向我们俩席卷而来的拳打脚踢。

然而我在半途中就被莉萍一把拽过来，推到了一边去。她双手叉腰，站到了父亲面前，直截了当地介绍道："爸爸，这是我从德国来的男朋友。"

他的表情从愤怒变为难以置信，然后又转回愤怒，不过还没等他对我说出一句话，他的那些朋友就已经围了上来，又是欢呼，又是祝贺，又是拍肩膀的。之前那个光头终于把墨镜摘了下来，朝我挥舞着手说：

"老朱，这是你女婿啊！恭喜恭喜啊！"

另外几位也随声附和道："是啊，你很快就要当外公啦，老兄！"

"你什么时候带我们去德国玩啊，老朱？肯定很棒的！"

在这么多双眼睛的注目之下，莉萍爸爸也忍不住微微一笑。他从夹克口袋里掏出一盒"熊猫"牌香烟，抽出一根递给我。

我脸上做出伤心的表情，打了个谢绝的手势。"我小时候得过肺病，只要吸进一克的尼古丁，就会……”

沉默。

我偷眼看看莉萍，希望能从她脸上寻找到一丝对我机智反应的赞许神色。然而并没有，她只是略带尴尬地望着地板。而我未来老丈人的朋友们则忙不迭地上来抽走香烟，并用惊诧的眼神看看我。老朱拿着一根熊猫香烟的手停留在半空中，仿佛被凝固了一般，我感觉到莉萍在把我朝着汽车的方向往回拽。

“我说，看样子人家还不想和你交朋友呢，老朱。”我听到戴墨镜的光头嘀咕了一声。

“你少说两句吧，老高！”那位老高被自己的同伴喝止了。现在显然不是开这种玩笑的时候。

我从余光里看见，老朱的手已经收了回来，把香烟塞回到印着熊猫的烟盒里，好像心里并无一丝波澜。

“你可以不抽烟，但是至少也应该把那支烟接下来，表示感谢啊。”莉萍这么对我说，好像这是一项基本常识。此时我们已经开出了地下车库，行驶在灯火通明的上海街道上。

“他既然给你烟，就是说明想要向你表示友好嘛。现在全都被你搞砸了。”

莉萍用力按着汽车喇叭，警告骑电动车的人回到自行车道上去，为了避让一个行人，那个骑电动车的才偏到了机动车道上。

“你生气了？”

我看不清莉萍的表情。她直视着前方的马路，没有作声。

我内疚地咬了咬嘴唇，因为我也知道，和她爸爸的初次见面对于我们来说非常重要。

“对不起。”我轻声说道。

几分钟之后，她渐渐平复了心情，一只手从方向盘上抬起来，抚摸着我的脸颊。

“好啦，我们一定能够搞定那只老虎的。他只是看起来很凶而已，实际上并非如此。你迟早能够驯服他的，即使抚摸他也不会被咬。当然我只是打个比方啊，我爸爸可不喜欢和别人有身体接触。”

她又展开了富有感染力的笑容，同时还不忘数落前面那辆在黄灯刚亮就停下来的汽车。我很高兴她不生我的气了。毕竟我刚才的对答已经相当于和老虎宣战了——这恐怕不是赢得他的心的最佳战略。

莉萍道别离开酒店之后，我从窗户往外看着这座不夜城的真实面貌。我听见卖烤串和其他小吃的摊贩在楼下街道里忙忙碌碌，为那些仍然还在外面游荡的夜猫子们供应宵夜。此外还有摩托车的马达声、汽车的鸣笛声和来来往往的行人脚步声混杂在一起。带着一点点的思乡愁绪，我看着楼下这喧嚣繁杂的景象。这就是我在未来一年里的家乡了。也许是未来几年，抑或是我余生一直生活的地方？

我躺到床上，盯着带有浅浅水渍印迹的天花板发呆。窗外的噪音，时差的困扰，再加上满脑的回忆，让我迟迟不能入睡。今天这顿晚饭过后，岳母大人已经被我们拉上了船。然而由于我的天真，第一次见面不仅没能把老虎拉上船，还差点把船给撞翻了。

……

地下车库的那次灾难性事件后又过去了几天，我离开酒店，准备搬进大学给我安排的外国留学生公寓。宿舍房间虽小，但对于我们这对被两地相思折磨已久的爱侣来说，却是绝佳的独处空间。

莉萍开车到酒店接我。我们把箱子装车，准备在去学生公寓之前再到我未来老丈人母家拜访一下。至少老朱已经见过我一次了，虽然我们还没有成为朋友，但是起码他现在知道，我不是一个会把他女儿吃掉的恶魔。相反我却不太确定自己会不会被老虎吃掉，对再次见到莉萍爸爸感到十分紧张。莉萍发现我在啃手指甲。

“别担心，我们一定能够成功。我来负责说话，你只负责微笑和点头就行了。”

汽车拐进了莉萍父母住的高层住宅所在的白桦路。我即将迎来在那里的第二顿大餐——也是有莉萍爸爸在场的第一次。所谓大餐，就是很丰盛的饭菜，因为在中国一般的家庭都是三口之家。而我则是新加入的成员。尽管在老朱的眼里，我还远远算不上真正的家庭成员。毕竟我和莉萍还没结婚，而且我也还没有证明自己的男子气概。但不管他高兴与否，我从现在开始会时不时地上门拜访，这个事实他也得接受——尽管几天前我刚刚近乎冷血地拒绝了他释放出的友好信号。

"如今这些孩子，就是不听父母的话。我们难道就眼睁睁看着女儿往火坑里跳吗?"据说在初次见我的当天晚上，他这么跟莉萍妈妈抱怨过。这些话莉萍妈妈当然藏不住，转身就告诉了女儿。得知了这些，我的心里更加不安了。

进了家门，莉萍妈妈已经在厨房里忙活开了。她把两只手掌大的螃蟹剁成块，等锅里油烧热了放进去煸炒。这泥灰色的甲壳动物没一会儿工夫就变成了鲜嫩的红白色，再撒上香葱，淋上酱油，撒一小撮白糖，顿时整个屋里都弥漫着诱人的香味。我开始为自己能在这样的美食国度生活一整年感到满心期待。

莉萍爸爸正坐在沙发上看新闻联播。他有些失神地从格子衬衫胸前的口袋里掏出香烟盒。我听到咔嗒一声，他刚要用打火机点燃香烟，抬头看见我也站在一边听着女主持人播报的新闻，就又把打火机关上了。

“我到走廊里抽。”他站起来往大门口走，“我自己去。”

他忍不住还是补充了最后那一句。我问自己，在地下车库的初次见面以及我拒绝他好意递来的香烟这件事带来的阴影，究竟会笼罩在我们头上多长时间。

当我们都坐到饭桌前的时候，看起来这又像是十分和谐的一顿晚餐。莉萍妈妈教我怎么不用别的辅助工具，只用筷子就能从螃蟹壳里面夹出蟹肉送进嘴里。我也照着做了，第一次当然是不成功的，不过我笨拙的动作反而活跃了气氛，给我的新中国家人——好吧，至少是女性家庭成员都带来了一些欢笑。老朱一直不动声色，不过我偶尔还是能从他的眼睛里看出一些笑意。也许他心里头也觉得很好笑吧。

“他是做什么工作的?”

老朱把一勺米饭送进嘴里，抬头看着女儿。尽管他这么说话，就好像我根本不在场一样，但这么突然把谈论话题转移到我身上，还是把我吓了一跳。我一不小心把还带着壳的蟹腿一股脑儿都咽了下去。蟹壳扎的我嗓子疼，我试着用咳嗽来掩饰自己的疼痛和窘迫。

“爸爸，托马斯还没工作呢，他是大学生。”

我们的计划开始奏效了。我喝了一口热水，试着把蟹腿连同碎壳一起送到胃里，让莉萍去跟她爸爸应答。

“大学生啊，嗯……”他充满怀疑地瞥了我一眼，“学什么专业的？不是学语言的或者什么没用的专业吧？学那些是不可能发财的。”

“他是学中文和经济学的。而且他特别的勤奋。不过，不管他学什么，我也无所谓。最重要的是，他对我好，他爱我。”

莉萍压闪着怒火的眼睛看着父亲。后者显然是没有什么兴趣继续讨论下去了，他用筷子把碗里最后几粒米夹起来吃干净。他匆匆朝着我的方向扫了一眼，让我感受到他的鄙视，因为我不是学工程学或者法学的。我别过脸去，看向莉萍，在我眼中她那生气的眼睛格外迷人。

当我把蟹钳里所有的肉都掏空，碗里的最后一口西红柿鸡蛋汤喝完之后，我满足地放下筷子。这顿晚饭，我们的战略进行顺利。只是我问自己，难道要这样过一辈子吗？我不能在今后的几十年里都不跟老朱说话吧。算了，眼下我应该做的恐怕就是：静观其变，多喝热水。

“我送托马斯回宿舍了。他的行李还都在我车里。”莉萍看了看表说，希望我们能有一点独处的时间。尽管我们恋爱已经有半年了，但是一切都还是新鲜而令人兴奋的。毕竟我们恋爱的大部分时间里都是在面对手机里那个虚拟的对方。

“我开车送你们去。”

“但是爸爸……”

“天都这么黑了，你一个女孩子单独出去不安全。”虽然上海是全世界治安最好的大都市之一，但在这一刻对于一个“担心孩子”的父亲来说都不重要。这毕竟涉及他唯一的女儿的“安全”。

“我们开那辆 SUV 去。他这个体型再加这么多东西，轿车坐不下。”他点燃一根香烟，径直向地下车库走去，没有留下任何讨论的余地。莉萍略带失望地耸了耸肩。

“好吧，如果他非得要这样的话。那至少他可以帮我们搬你那些巨沉无比的箱子。说不定他都已经在搬了。”

等我们到了楼下，看到他已经把两辆车的后备厢全都打开，但是还没有开始转移箱子，而是忙着撕开一包崭新的香烟盒上的塑料薄膜。这次的香烟品牌是“红双喜”。他带着怀疑的眼神从红色的盒子里抽出一根香烟，凑近闻了闻，然后又重新塞了回去。

“老王这个龟儿子。”感觉他更像是在自言自语，而不是在跟我们说话，“想跟我做生意，就送了我一条这个烟，才 40 块钱一包，40 块钱！他也不嫌丢脸！我才不会跟这样的小气鬼做生意。”

在他进行这番长篇独白的时候，我已经吃力地把箱子从一个后备厢转移到了另一个后备厢。

“注意你的腰啊。”他还不忘提醒我一句，然后就坐到了驾驶座上。我气喘吁吁地关上后备厢盖。我的箱子简直像水泥一样沉，因为我带来了够穿一年的 XXL 超大码衣服。自然是不会轻的。

我发现尽管莉萍在某些方面跟她爸爸很像，但是在驾驶风格上父女俩却截然不同。莉萍开车很快很自信，但是却能够安全地在上海的马路上穿行。而他爸爸却不一样，仿佛每一秒钟就会在刹车和油门之间切换一次。他的别克 SUV 和大多数中国人开的汽车一样都是自动挡，我为此感到庆幸。难以想象，如果他还需要踩离合器和换挡的话，我该怎么办。只要有一段畅通的路段，他就急速行驶，然后到了红灯前面再猛踩刹车。虽然中国的交通规则并不要求后排乘客系安全带，但是我建议各位还是系上为好。尤其是如果你有幸乘坐我老丈人驾驶的汽车的话。在等红灯的间隙，他忙着查收手机上的微信语音信息，听完之后再给对方用语音回复，其中还夹杂着一些骂人的话，在这里我就不详述了，唯一可以透露的是被骂者的妈妈、奶奶、爷爷被"问候"好多次。由于业务繁忙，他常常顾不上去看绿灯亮了没有，好在总有后面开车的人操心这事儿。只要交通灯刚刚从红色跳到黄色，汽车喇叭奏鸣曲就会立刻响起，那分贝数感觉甚至可以把周边的高层住宅楼都震塌了。

莉萍跟我讲过他爸爸目前是靠什么赚钱的。以前他是当兵的，后来去做了警察，在和派出所的所有领导都闹翻了之后，他就下海做生意了。现在他是上海城北一家大型驾校的老板，还开了一家按摩店（正规的那种，还带我和我德国家人都去体验过）。他先从当普通的驾校教练做起，逐渐拼搏到管理层，最后终于把整个驾校都买了下来。可是就他这样的驾驶风格，怎么去教别人开车呢？我望向前方的十字路口，两辆相向而行的汽车堵在路中央，谁也不愿让一分一毫。现在我对这些场景已经习以为常了。从莉萍家到我的大学和学生宿舍也就不到 10 公里的路程，但是我觉得自己已经在这车上坐了一辈子那么久。我脸色苍白地抓紧扶手，直到我们终于到达学生宿舍的大门口，我才松了一口气。

一个保安模样的人从停车场入口处的小格子间里跑出来：

“里面都满了，没有车位。”

莉萍爸爸打开车窗，他一言不发地递给保安一包“红双喜”香烟。仿佛鬼使神差一般，停车场入口处的栏杆升了起来，我们看到里面还有三个空车位。

老朱把车停进去，占了两个车位，穿着灰色制服的保安一边点燃刚刚得到的香烟，一边嘟囔了两句什么。不过他并没有管我们，径直回到自己的小格子间里，继续去观看便携式小电视机里播放的脱口秀节目了。

“几楼？”莉萍爸爸问道。

“五楼，503 房间。”我一边回答，一边把房门钥匙递给他。他接过钥匙，没有等我们就直接走进宿舍楼，开始往五楼上走。

他把提行李箱的事情——不知是有意还是无意——留给了我们。我把行李从汽车后备厢拎出来。莉萍背上双肩包，右手提起小旅行包。而剩下的两个大箱子，我一只手各提起一个。我们开始费力地拖着行李往五楼上爬，那楼梯感觉好像永远也没有尽头一样。如果这样的经历再多来几次，恐怕我很快就能实现在中国将体重减半的目标了。

到三楼的时候，一个箱子从我汗湿的手中滑落，锁扣崩开了，里面的内裤、T 恤衫连同书本和洗发水一起散落在楼梯上。莉萍哀叹一声，坐到水泥台阶上喘口气，把旅行包放在一边。我赶忙把掉出来的家当细软通通捡起来，塞回箱子里去。

"我就住在这里再也不要搬家了，"我筋疲力尽地说，"我实在是没有办法再拖着这些箱子走五层楼了。"

莉萍笑了起来，表示赞同。这时候我听见她爸爸的声音从楼上传过来："莉萍，托马斯，你们过来一下？我有话要跟你们说。"我们拿出最后的力气，提着行李一级一级台阶地往上爬，终于气喘吁吁满头大汗地到了五楼。我靠在粗糙的水泥墙上，汗湿的脊背感受到一丝凉意。莉萍带着疑问看过去，她爸爸正抱着手臂站在房间门口等我们。

"我看过了，这个房间对你来说实在太小。你这么胖的人在里面连转身都困难。"他带着审视的目光上下打量了我一番，"那张床你只有侧着身子才能睡得下。不行不行，要是让我的朋友知道你住在这么个小破屋里，那我的脸面要往哪里放！我不能让我女儿的男朋友往这么个火坑里跳。”

我赶紧抓住机会说些讨好的话。

“我绝对不会邀请你的朋友到我宿舍来的。我知道，他们都是有品位的商务人士。就算要见他们，我也……”莉萍爸爸似乎并没有被我的溢美之词打动，他不耐烦地打断了我的话。

“还有里面那两个家伙——”他朝着房门的方向比了个轻蔑的手势，我知道他在说我的未来室友，“那两个人太可怕了，好像是瑞士还是哪里来的。”

我从宿舍管理员那里得知，有两个瑞典学生和我同住在一套小公寓里。不过在汉语中，瑞典和瑞士往往难以区分，况且对于老朱来说反正都是些无足轻重的欧洲小国而已。我壮着胆子往里面看了一眼，发现这两个 18 岁的瑞典小伙子还没到开学，就已经把我们共同的公寓给折腾得像座废墟。洗手池里堆满了一次性餐盒，其实这些餐具本来也不用洗的，但估计是因为垃圾桶也满了，那里面全是矿泉水瓶、一次性咖啡杯还有难以辨别的食物残渣。

我来中国的主要目的，是在中国的语言环境里提高自己的中文水平，不光是通过中文教材，当然也有我中国女友的帮助。显然这两位室友的父母也有类似的目标——但是斯德哥尔摩山高水远，两个大男孩显然找到了别的途径去学中文。我往其中一间卧室里瞄了一眼，其中一个小伙子搂着自己当晚的“猎物”，带着醉意用中文对她说道：“你真漂亮，你真漂亮。”而那女孩呢，从扔在地上的三个空酒瓶来看，显然也没少喝。她躺在小伙子的臂弯里睡着了，明天早上我保证她不会记得今晚发生过什么。

从另一间卧室里也传出来一位女性访客的笑声。按规定这里的宿舍是严令禁止异性拜访的，但是只要每晚递一根烟，门口的保安就能睁一只眼闭一只眼。这笑声听起来十分熟悉，我认识她。那是我的保加利亚同学玛丽娜。她能说一口流利的中文，只是略带东欧口音。我在大学的开学仪式上认识了她。这么看来，我的两位室友都已经找到了各自的中文老师，能够把理论和实践结合起来。

当我走进自己的房间，才明白过来老朱刚才说的是什么意思。这房间基本上只能算是个长一点的走廊，右边放了一张狭窄的木板床，左边一张木质书桌。旁边还有一个小小的衣柜，目测大概只能放两件 T 恤衫。

“这房间根本不适合你这个体型的人住。”莉萍爸爸坚决地说，从他身上散发出的烟味判断，估计他刚才在楼梯间又抽了一根。现在他站在我身后，越过我的肩膀又往里面看了看。房间里的确没有任何能给人带来舒适感的物件，发黄的天花板上一根红蓝相间的电线上吊着一个孤零零的灯泡。地板是磨平的灰色水泥，而房间里唯一的电源插座也被之前住在这里的人给扯得脱离了墙体。

“走吧，我们回家。你不能住这里。我们家里足够大。”

和之前一样，莉萍爸爸不是提出建议或者要和我商量的意思，他只是宣布了这个命令。没等我们答话，他已经径直转身走向大门。我虽然同意他的看法，这里的确不是一个非常适合我专注学习中文的地方，但我至少还想和莉萍先商量一下。被爬楼梯累坏了的她，从进了房门之后就在休息，没有作声。我带着询问的眼神望过去。

“所以说，我现在不住进来?”

“如果我没理解错的话，他的意思是你可以住我们家。”莉萍小声对我说。

她爸爸没有再理会我们，因为他又忙着在用微信语音对自己的下属吆三喝四。

“但是，呃，我们还没结婚呢。你不是说过他特别传统吗。为什么他突然又允许我们住在一起了……?”

“他说什么你就照着做。他其实是不忍心看你住得不舒服。现在他说让你到我们家住，那你就住呗。”

在这一刻我心里渐渐明白，老朱就是中国人常说的“刀子嘴，豆腐心”。他疼爱自己的女儿，他自然能够感受到，我爱莉萍，而莉萍也爱我。否则他绝对不会邀请我和他在同一个屋檐下生活。只不过，我们之间还没有建立起友谊。我要怎么做才能既不被他的刀子嘴割到，又让他的豆腐心为我而软化呢？

“我先下楼了。爬这五层楼梯把我累坏了，我的腰都不听使唤了。”说完这话，莉萍爸爸就步伐敏捷地走下楼梯。我目瞪口呆地目送他下楼，看着眼前的莉萍，还有两个箱子，一个旅行包，一个双肩背包。我们俩深深地叹了一口气，拖着大包小包磕磕绊绊连滚带爬地回到楼下。结果老朱却来了一句：“你们怎么这么慢！都半夜了，我都累了，回家了。”他可真是嘴上不饶人啊。

把行李再次装到车里之后，筋疲力尽的我在后排座位上睡着了。等回到莉萍和我未来岳父母的家时，我过去从来没有、今后也再没有这么庆幸过这座高层住宅楼有电梯可以乘坐。

当我们三个都站在电梯间里时，莉萍爸爸开始了关于家庭和身为男人之责任的演说：

“你知道吗，托马斯，一家人就得团聚在一起。我们都是一家人，所以你住在这儿就很好。”

这就是演说的全部。一共才花了电梯上行两层楼的时间。我还在等待下文，但是却没有等到。莉萍疲惫地倚着电梯里的镜面墙，对我微微一笑。毕竟这是他爸爸第一次说出这么和气友善的话语。

不过这时的我已经精疲力竭，浑身是汗，对这种中世纪式的家庭观念也没有太多兴趣。我内心德国人的那部分想要反驳，因为我根本还没想到组建家庭那一步。就算要组建家庭，那也是和莉萍，而不是和他。其实我只是想和莉萍在一起。而我内心中国人的那部分则告诉自己，老朱能让我住他家，我得多么地心怀感激。然而对这一点，我直到今天也没有感觉特别的庆幸。所以还是不说了吧。

我悄悄地握住莉萍的手，心里感到欣慰，至少我又能和她在一起了。

电梯门打开了，我们穿过走道，站在了家门前。莉萍爸爸推开门锁上的盖子，里面出现的却不是普通的锁，而是一个小小的扫描孔，他把食指指纹按上去，门锁立刻滴答一声打开了。他扳下装饰性的铜把手，把沉重的大门推开。

带着一身疲惫的我把箱子放到门厅，走进客厅，开始四处打量。虽然已经来过两次，但是现在我知道这里将是自己接下来这段时间的家，所以又重新观察起房间的陈设来。屋里所有的家具上都带有充满艺术感的雕花，看起来价值连城。沙发上铺着红色镶金边的坐垫和靠枕，我从姑妈那里得知，那上面的黑金纹图案叫龙凤呈祥，会保佑家庭生活和谐。沙发正对着电视机，这台 75 寸的电视机虽然感觉跟电影院的荧幕差不多大，但是我竟然现在才看到它。

我脑海里浮现出一个想法，也许老朱的性格和脾气在这个家里得到了充分体现：一方面，所有的家具都是传统的中式风格，但另一方面却有最新的高科技产品来装点。

当我转回身来，把另一个大箱子从楼梯间提进门，放到刚才已经拿进来的箱子旁边之后，我那未来的老丈人仿佛在今天晚上第一次注意到了我的行李。他以惊人的力气把两个箱子同时拎起来，而且丝毫没有腰疼的迹象，目标明确地走向一个房间。这个房间我在第一次来的时候完全都没有注意到它的存在。我不知道他帮我拿箱子是因为怕我弄坏了他昂贵的大理石地砖，还是想要展示自己有多么强壮，抑或是想要立刻向我表明：作为莉萍的男朋友，还不是正式女婿的我，在这个家里的位置在哪里。这当然不是莉萍的房间，而是一间客房。

我提着双肩包和旅行包跟在老朱后面进了房间，回头看了看他一言不发离开的背影。和客厅相似，客房的陈设也十分考究。宽阔的木床占去了房间的大半空间。当我试着坐上去时，发现床铺很硬，这时我想起来莉萍说过，她妈妈自从进入更年期之后，就十分热衷于健康养生。而把柔软的席梦思床垫都换成石头一样硬的木板床，显然是她为老朱家提升健康指数所采取的一系列措施中的一步。我把箱子推到一边，明天早上我再把衣服都放到厚实的红木衣柜里。书桌上有一盏古老的绿色灯罩台灯，我轻轻拉动链条状的开关，温暖的黄色灯光透过绿色的玻璃灯罩，弥漫在整个房间里。

我仰面躺下，观察着房间里的陈设，它像是出自上百年历史的中国古画一样。只有床对面的液晶屏大电视，才提醒人们现在是 21 世纪。

尽管这里的气候，中国的文化，尤其是女友的父亲仍然让我难以适应，但是这一刻我感到十分幸福。这个地方，这样的时刻，这就是我几个月以来朝思暮想的啊。我的爱人现在跟我不再是相隔万里，也不再只能隔着蓝光屏幕相见了，我们之间只有一面墙。我早上起来就能看到她，我能把她搂在怀里，我可以抚摸她，感受亲密的接触，等我老丈人不在家的时候，也许我们还可以做一些除了拉拉小手和亲亲小嘴之外的事情。

“不要担心！”莉萍安慰我。我把她拉到房间里，准备给她一个晚安吻，当然门是开着的。“我爸爸很忙的。他平常不是去驾校，就是和那些朋友在一起。只要他不在家，你就可以偷偷到我的房间里来，我们可以把过去几个月错过的全都补上。”

她把额前的碎发拨开，开怀大笑起来。这个令人心动的年轻女孩，这个我在派对上邂逅的心上人，她现在就在我的面前。在这个晚上，她蓬松凌乱的短发和熠熠发光的黑色眼眸，不仅让我的视线无法离开，就连我的心绪也开始波涛澎湃。在这一刻，我只有一个愿望，管他什么房间，还不如就住在学生宿舍里呢。就算再小，那房门也能上锁啊。这么看来，跟瑞典和保加利亚的室友们合住再不好，也比在老丈人的眼皮子底下强吧。或者，我们干脆不管他？

这时候莉萍坚决地把我推开。

“现在不行。等我爸爸不在家的时候吧。那样会更美好的。”

山中无老虎，猴子称大王

Ist kein Tiger in den Bergen, nennt sich der Affee König

这一天很快就到来了。我正兴味索然地吃着早饭，两片又软又甜的吐司面包，配上一杯速溶咖啡。我们住的地方距离市中心太远，很难在附近买到符合我这个德国人口味的面包和现磨咖啡。再说以我大学生的财力，每天早上专门跑到上海的时尚街区吃一顿西式早餐，花上折合 10 欧元的高价，也不太现实。

在我刚搬进来的时候，莉萍告诉她妈妈，我早餐习惯吃面包喝咖啡，我丈母娘用同情的眼神看着我。

“那怎么能吃饱呢，你必须要吃点像样的东西啊。”而让一家人吃上“像样”的早饭，则是她的职责。每天一大早，煤气灶的火苗就开始在煮面的锅下跳跃，整个家里都是面条汤的香味。

尽管如此，丈母娘还是当天就去超市给我买了“面包咖啡”。我一听到这个消息，脑海里浮现出的是自己在德国习惯吃的那种松脆的复合杂粮小面包，抹上爱尔兰黄油，软硬适中的高达奶酪，一片鲜嫩多汁的火腿，再加上一片脆生生的新鲜沙拉叶，挤上一圈蛋黄酱。然后再来一杯以阿拉比卡咖啡豆现磨而成的咖啡，浮着薄薄一层金色泡沫，香气扑鼻。然而摆到我面前的却是软塌塌的甜味吐司，那口感就像是在水里泡湿了的球鞋。我喝了一口速溶咖啡，按照莉萍妈妈的说法，直接把奶粉和白糖放到咖啡里一起冲泡“非常方便”，可是喝起来完全不像咖啡，更像是可乐兑了牛奶，只不过没有气泡。

而我的中国家人呢，则在享用着他们的早餐——那种享受不仅看得见，而且还听得见。我的女朋友和她父母每人面前都有一大碗热气腾腾的汤面。温热的早餐让莉萍的面颊微微泛红，但是当她用筷子捞起里面的面，用蓝白相间的瓷勺喝着浓郁汤汁的时候，看起来是那么的幸福。为了给自己乏善可陈的早餐寻找替代品，我问他们在吃什么。

“这是鸭血粉丝汤，妈妈最拿手的，我和我爸最爱吃了。”

仿佛为了印证这一说法，老朱这时候特别大声地“吸溜”了一口粉丝。这时候我回忆起自己在德国的中文课上学到的一句话“民以食为天”，并且深深体会到了其中的含义。作为德国人，有一块干面包和一杯咖啡我就可以满足。但是对于我的女朋友来说可不行。你看她那发光的眼睛，那满足的吸溜声，那种胃里暖暖的感觉，只有一碗中式汤面才能有这样的魔力。我看到汤汁里除了粉丝之外还有一些暗红色块状和条状的东西，他们三个都非常爱吃。

“这是鸭肉吗?”

“这不是鸭肉，这比鸭肉更好呢。”

嗯，这让我有点感兴趣了。也许我应该考虑放弃自己的西式早餐，换成一碗料足汤浓的中式早餐?

“你看这个，”莉萍妈妈用筷子从汤里挑出来一根白色长条状的东西，“这是鸭肠。”她把鸭肠放进嘴里吧嗒吧嗒嚼着：“还有这个是鸭肝，这小的是鸭肾，但是最好的东西在这儿。”

她用瓷勺从汤碗里捞起一块暗红色的方块，看起来柔软而有弹性，似乎和水果软糖有点像。

“你尝尝，”她把勺子送到我面前，带着鼓励的语气说道，“这是鸭血。特别有营养，可以促进血液循环的。”

这让我彻底打消了更换早餐品种的念头。我说不用了谢谢，把最后一口面包塞进嘴里，用一大口甜奶咖啡送下去。

中国人对食物营养与否的认知，在我看来有点像西方盛行的一句格言“You are what you eat”，但是转换到中文语境就是“吃什么补什么”。比如说猪血或者鸭血，吃了就能补血，而喝骨头汤吃骨髓，就能让骨骼强壮。如果在高考的前一天吃上一份新鲜的猪脑，就能在大考当天才思泉涌，这也算是营养金字塔的最顶端了吧。

不过就在我盘算着未来该选择什么替代早餐来满足我的德国胃时，老丈人突然说了一句话，让我顿时把这些奢侈的烦恼全部抛之脑后。

“我今天晚上不回来吃饭。明天早上再回来。我和几个朋友去打麻将。”

“你要带多少钱?”

这时我才惊讶地发现，原来掌管家庭财务大权的人是我丈母娘。老朱虽然在外人看来相当的大男子主义，但是他的每一笔支出显然都要得到老婆的批准。

“两千应该够了。我到时候至少能赢个翻倍带回家!”他一边充满豪情壮志地许诺，一边把莉萍妈妈从手提包里拿给他的20张红色百元大钞塞进裤兜里。

“打麻将需要多长时间啊?”我假装不经意地问道。

“至少要到半夜两三点，你们不要等我。”老丈人回答道，对我貌似关心的提问表示感谢。其实我根本不打算等他，只是希望他不在家的时间越长越好，这话我当然不会说出来。

“那我今晚就不做饭了，”我正在一阵窃喜，这时莉萍妈妈说，“我去和几个朋友吃小龙虾，然后再逛逛街。”

这么说，我和莉萍至少可以有六个小时的独处时间啦，我心里暗暗盘算起来。

我冲着莉萍狡黠地一笑，她也笑着回应我。我们太期待今晚这个无人打扰的二人世界啦。

丈母娘在收拾餐桌的时候，我开始整理上学的书包，莉萍已经去上班了，而老朱也准备出发去驾校。我热情洋溢地跟他道别：“祝你手气好哦！明天见!”他微微一点头算是回应，然后就走进了电梯，嘴角叼着一根香烟。

那天在学校里学了些什么词汇，我一个也想不起来了。当年轻的女老师在黑板上飞速写着汉字的时候，我脑子里想的全是这个期待已久的夜晚。我们可以先点一些外卖，然后一边看电视一边吃晚饭。这在平时是做不到的，因为“吃饭必须坐在饭桌前”。在这一点上，我德国的父母和我中国的岳父母倒是有共识的——不过我觉得莉萍妈妈可能更在意的是她那昂贵的红色镶金边沙发垫，而不是什么严格的家规。晚饭过后，我们可以相拥坐在沙发上，看一部浪漫爱情喜剧，接下来就可以转战卧室啦。

俗话说，“山中无老虎，猴子称大王。”其实我们德国人也有类似的说法，大意是：猫咪不在家，老鼠跳上桌。不管是称王称霸的猴子，还是在桌上跳舞的老鼠，我们一定要好好利用老朱这只老虎不在家的时间。

这就是我的计划。

下午，我上完课回到家时，看到莉萍妈妈正在为出门逛街做准备。她站在镜子前，挑选着最适合当日装扮的一条丝巾。

“晚上一定要吃点健康的东西啊！”

“当然了，放心吧。”

“要不要我还是给你们做点东西吧？要不然你们可能又要吃汉堡包之类的东西了。我冰箱里还有西蓝花和菠菜呢，我给你们做。”

“不用了，妈妈。”为了叫起来顺口，我已经开始叫她妈妈了。不过对老朱我还不敢改口，现在还为时过早。

“我们没问题的。我们一定会点一些健康的外卖。”

“不过外面的餐馆你都不知道他们用的什么油，我上次在新闻里看到……”接下来的几分钟里，她向我详细叙述了有些餐馆是怎么循环利用废油来节约成本的，而且如果吃了太多“地沟油”，会有得癌症的风险云云。

“……所以啊，你必须要看饭店的卫生证书。只能在有绿色笑脸的餐馆点单哦。”

事实上，我已经注意到这种评估体系。中国的卫生监管部门会检查餐饮机构的厨房卫生状况，然后根据情况分别给出绿色的笑脸、黄色的无表情脸或者是红色的伤心脸。而这个评级标志必须要放在醒目位置，好让顾客走进餐馆就对这里的卫生条件一目了然。不过我感觉，即使在那些带着红色伤心脸标志的饭馆里，吃客们的胃口似乎也并没有受到多少影响。

“好的，妈妈。我们一定会点一些非常健康的饭菜来吃。”

“空调也不要开得太冷哦，否则会容易感冒。不要对着出风口吹空调，否则颈椎会痛哦。”

我拿来空调遥控器，按下上面的红色开关。

“那我就直接关上吧。这样最健康了。”我这么做是希望能让她放心，好早点离开家，去和她的朋友吃小龙虾。

不过在她出门之前，我还得先学习“寒从脚起”的理论。我老老实实穿上拖鞋，然后保证自己不老看手机，不吃油炸食品，上厕所的时候不能在马桶上坐太久，“因为这是造成痔疮的几大元凶之一”。好吧，我又长知识了。

最终选定一条红色的丝巾之后，莉萍妈妈总算走出了家门。我跌坐在客厅的单人沙发上。这些红木沙发虽然看着很高档大气，但坐着可真是又硬又不舒服。就像博物馆一样，只可观赏，不宜居住。

我拿起手机，妈妈发来一条短信。

冰箱里有酸奶。你们睡前吃一盒，有助于消化。妈妈

我想要置之不理，但考虑了一下又觉得不行，因为这可能会引发一连串的短信，因为妈妈看不到回复会觉得我们是不是饿死了，或者是染上了什么瘟疫。

好的，我们会的。空调关上了，我穿着拖鞋，苹果和橙子也已经吃掉了。

我收到了一个竖起大拇指的表情。我松了一口气，至少我今天已经让未来的丈母娘满意了。

接着我把空调重新打开到强劲制冷模式。上海进入盛夏，40 度以上的高温再加上潮湿的天气，未来的三个月里，整个大气都会凝结成一块厚重而湿热的幕布，笼罩在上海人民的头

顶上。

我把所有的承诺抛在一边，让清凉的冷风对着脸吹了几分钟，以降低一点体温。

为了避免真的患上重感冒，我决定还是去冲个澡凉快一下。当凉水淋到我汗津津的皮肤上时，一种舒爽的感觉蔓延到全身。当我听到房门打开，莉萍的声音响起时，这种幸福感就更加强烈了。

“托马斯，亲爱的，我回来了！”

我们的独处时间终于到啦！而且不是在便宜而狭小的酒店房间里，这整个公寓都是我们的。三个大卧室，还有一间客厅，只有我们俩！

我擦干身体，换上干净衣服。在这一刻，我真恨不得立刻把莉萍拽到卧室里，然后再也不放她出来。但是我知道，她很累。我曾经到她的办公室接过她几次，知道她每天很辛苦。她在一家律师事务所给一位女合伙人律师当助理，事务所位于上海环球金融中心的 65 层。整栋摩天大厦的室内温度都由中央空调控制。大楼的管理人员要么就是在冷库里住习惯了，要么就是想通过敞开的大门给整个上海降温。在夏天的几个月里，这里的室内温度只有大概 17 度。也难怪有些在这里上班的人到了办公室之后，会把凉鞋和 T 恤衫换成羽绒夹克和雪地靴。

下班之后，莉萍需要步行大概 100 米就能到达地铁站。通常情况下，这短短的100米足以让人充分体会到蒸桑拿的感觉。即使到了傍晚，上海的温度仍然有35摄氏度左右，而且空气湿度很高。不过令人感到安慰的是，这种几个小时内要适应20度温差的生活有很多人做伴。感觉好像整个上海城的上下班时间都一样。每天一到晚上六点，不仅所有的员工都从上海金融中心101个楼层的不同办公室里走出来，而且其他大大小小的写字楼里也有无数的上班族蜂拥而出，全部朝着地铁站的方向涌去。成千上万名公司白领、程序员、银行职员都挤上扶手电梯，走向地铁站台。上海的地铁每天要运送数以百万计的乘客来来往往，这座城市的地铁线路总里程超过600公里，为全世界之最，而且扩建工程还在继续。如果你能成功挤进地铁车厢的大门，找到一个能够站稳的位置，那么这时候你就可以松口气了——当然，前提是你和旁边的人之间还有让你深呼吸的空隙。然后你会发现，金融中心的空调控制员可能在下班之后还在给地铁公司兼职，因为车厢里的空调以不亚于写字楼中央空调的气势，朝着乘客汗湿的面庞和脖颈毫不客气地吹着冷风。而乘客大多数都低着头，看起来像是在祈祷，其实都是在看手机。很多人利用这段时间来追剧，或者看新闻，还有一些人试着让自己沉浸到音乐的世界里。而让这一切变得更为便捷的，是几乎覆盖整个地铁全列的无线网络信号。有时候我真希望，德国铁路或者柏林机场的运营方能够从上海挖走几位高明的基础设施规划师。因为他们有着丰富的经验，而且深知该如何让一个

2 500万人口的城市保持井然有序。经过60分钟的车程，包括其中一次换乘，莉萍走出地铁站之后，还需要步行大约一公里，才能到达我们的居民区。

所以我非常理解，回到家的她需要休息一下，吃点东西。她疲惫地靠在坚硬的红木沙发上，闭上了眼睛。我打开手机里的“饿了么”应用程序，不一会儿工夫就给我们俩点了一份比萨，我故意忽略了那个黄色的表情符号——这些在网上点单时也能看见。我丈母娘不会发现的。20分钟后，我们的比萨送到了，而且是我心目中真正的比萨，带着萨拉米香肠的那种。我们坐在沙发上，一边看电视一边舒服地大快朵颐。我看了看莉萍，她正在满意地吃着一块比萨。

“我总觉得这一切非常奇妙。”

“为什么?”莉萍问，她的眼睛没有离开电视屏幕。

我，一个外国人，和我的中国女朋友一起，坐在一张铺着龙凤呈祥图案坐垫的红木沙发上。房间里陈列着精美的木佛像、昂贵的陶瓷茶具，还有各种红木家具。我们吃着纸盒子里的比萨，欣赏着超大屏电视上播放的美国爱情喜剧片。这就是21世纪中国人生活的典型缩影。这种传统与现代的结合，中国文化和国际潮流的碰撞，还有来自不同国家不同地区的人们之间的共处，就是我为什么如此热爱这个国家，尤其这么热爱上海的原因。

我没有回答莉萍的问题，我们沉默着看完了电影。当片尾曲响起时，莉萍轻轻在我耳边说：

“我现在去洗个澡，等我洗好澡，确定没有敌情之后，你再来我的房间。”

莉萍走进浴室，我开始清理晚饭的残局。我关上电视，把装比萨的盒子叠起来，塞到垃圾袋的最底下，以避免引起不必要的关注。现在已经是晚上十点，天色已暗，我们还有至少两三个小时的独处时间。

我把客房的门从外面关上，钻进莉萍的房间。我脱掉衣服，满怀着对接下来将要发生的事情的期待，躺到床上。床单是刚刚换过的，除了淋浴间里传来的充满诱惑力的水流声，以及楼上邻居的脚步声之外，整个房间一片寂静。窗户开着，这是一个温和而又平静的夏夜。这时候的温度已经降到宜人的25度，我没有给自己盖被子。柔和的夏风轻轻拂过我的皮肤，营造了这个夜晚的完美气氛。不管是精神上，还是身体上，我都已经做好了准备来享受和心上人的亲密无间。我轻轻地闭上眼睛，等待莉萍过来。这时候她显然是洗好澡了，因为我听见关着的门外传来脚步声。万事俱备，只等今晚的女主角。敲门声响起，我激动起来。我脑海里闪过一个念头：难道她还有兴趣玩角色扮演的游戏？哦！这个小坏蛋！我换了个姿势，身体正面朝向房门，好让她一进门就能看见我。等一切就绪之后，我充满期待地说：“进来！门没锁。”有人在猛力搬动门把手，差点没把它拽下来。原来她和我一样的迫不及待啊。这时候门开了，我陶醉地闭上了眼睛。

“这是莉萍的房间?!”

不对啊，不仅这台词不符合我想象中的角色扮演游戏的剧本，而且说话的声音也不对啊。哦不，声音完全不对啊。我不敢睁开眼睛，心中默默祈祷着，也许情况并不是那么糟糕。但是这没有用，我知道自己这次捅娄子了。

我终于睁开眼睛，首先映入眼帘的是老朱愤怒到变形的脸。跟随他的目光，我发现自己还僵在刚才准备迎接莉萍的那个姿势。我以最快的速度扯过来一块毛巾被，盖到自己的重要部位上。我现在还欠他一个回答。

“呃，是的，这的确是莉萍的房间。”我试着安抚他的情绪，“她还在洗澡，一会儿就来。”

这句话似乎并没有起到让他平复心情的作用。他一句话也没说，咣当一声关门出去。我听到他不耐烦地按下打火机的声音。

接着我听到大门再一次打开，这应该是莉萍妈妈。她也比计划早回来很多。这时我明白了两件事：第一，对中国人的时间预告，我不能太当真；第二，我必须尽快和莉萍搬出去住。

莉萍终于洗好澡出来了。她用一条大浴巾裹住身体，一条稍小的毛巾包住头发，带着一身鲜花与蜂蜜混合的香气，光着脚走进卧室。我还坐在床上，用毛巾被盖着身子。她已经知道父母提前回来了。她一边气恼地埋怨我，一边把浴巾裹得更紧：

“我不是告诉你要等我洗好澡再过来吗？我必须要先确认没有敌情才可以！”

“是啊，按照我的计算，他们应该会很晚……”

“听好了，我的朋友，这儿又不是你那个储蓄银行，计算是没有用的。这是我爸爸，他就是这么不可预测。”

“好啦，我知道了。”

我抓过自己的T恤衫穿上。

“下一次你必须要听从我的指挥。”

她说的有道理。如果我们俩的事儿要赢得未来老丈人的同意，我就必须要对莉萍言听计从。

隔着墙壁，我听到莉萍爸妈两人在进行激烈的讨论。虽然中间还有两个房间，我听不太清楚他们说的什么，但是无需过多的想象力，我也能猜到讨论主题是什么。偶尔有只字片语断断续续地透过来。先是莉萍爸爸的声音：“我们是个体面的家庭。”然后是她妈妈更微弱一点的声音：“我们年轻那会儿，谁不血气方刚的，那时候你也不是什么纯洁的羔羊啊。”听不见接下来的回答，只听见大理石地面上沉重的脚步从我们的门口经过，然后老朱对着主卧室的方向一字一句地大声说道：

“明天早上就让他带上所有的东西搬出去。他可以继续回那又小又乱的学生宿舍去住。我这样好心招待他，他就这样来感谢我。”

接着大门咣的一声关上了。我把其他的衣服穿好，恋恋不舍地看着我那刚刚出浴的香喷喷的美人，迈着沉重的脚步走回客房。然而莉萍却没有流露出任何的同情心。她跟着我进了客房，又把裹在身上的浴巾紧了紧。那浴巾里面的风光，恐怕我一时半会是无缘得见了。接着莉萍又开始数落我：

“这里是中国。我知道，很多东西对你来说很复杂，但是我无法改变这一点。我爸爸虽然人有点怪，但他毕竟是我的父亲。我相信，最迟到咱们结婚的那一天，他一定会为有你这个女婿感到自豪。”

嗯，她还挺乐观的。

“但是，你必须要听我的……”

这时候莉萍妈妈从厨房里奔过来，手里拿着比萨盒子，安慰莉萍道：“好啦好啦，你看看这个可怜的家伙。他已经吸取教训啦。”

这一刻我确信，我未来的丈母娘绝对是我完美的队友。不管我做什么，她都会站在我这一边。

“不管怎么说吧，你明天最好还是一早就收拾东西，搬回宿舍去住吧。”

我的心里好痛。虽然宿舍的房租得从我自己的奖学金里出，但是我还没有退掉那个房间。

“今天也是刚好不凑巧。偏偏他今天晚上一下子就把两千块钱给输光了，所以才早早回了家。哎，等你们什么时候结婚了，就可以搬到一起住了。你爸爸也是这么想的。”

结婚，又来了。我知道，我爱莉萍，莉萍也爱我。可是我们为什么要急着结婚呢？不能先同居吗？在德国就可以这样啊。算了，我们又不在德国。而且从来都没有人说过，像我们这样的德中跨国爱情会轻轻松松一帆风顺。我还在德国的时候，爸爸就在厨房里警告过我的。

莉萍妈妈看着手里的比萨盒子，她好像想要说什么，但还是没有说。今晚有更重要的话题。

莉萍在我的额头印上一个晚安香吻，当她柔软的双唇碰触到我的皮肤，我重新领悟过来，自己做这一切到底是为了谁。她轻轻走出去关上门，那洗发水的花香味整夜都在我房间里弥漫。这至少算是对我今晚愿望落空的一个小小安慰吧。

……

第二天，我一大早就起床收拾行李。今天我一定要尽可能避免和老朱碰面。虽然睡眠时间很短，但我却睡得很沉，也没有听见他昨天夜里是不是回了家。

我费力地把箱子摊开放到床上，把所有的衣服一股脑儿塞进去。反正我还有整天的时间独自坐在宿舍里，到时候我再慢慢地一件件叠好就行了。看起来大家都还在睡觉，所以我尽量小声地把箱子从大理石地面上推到门口。我打算叫一辆出租车，等到了宿舍楼，我就自己一件一件地把行李拖到五楼上去。反正在这方面我也算是训练有素了。

我先把最重的两个箱子放在电梯门口，最后才到客房里去拿装书的包。经过莉萍父母的卧室时，我听见木制床板咔咔的声音。一不小心，手里的包撞到了一个柜子上，放在顶层的那个形似南瓜的茶壶开始摇摇晃晃。我一惊，赶紧把包扔在地上，迅速把茶壶接在手里，防止这昂贵的物什掉在大理石地板上摔得粉碎。柜子还有点摇晃，我赶紧用另一只手去稳住它，排除险情。这时候主卧室的门开了，老朱带着吃惊的表情看看我，又看看我手里的高级茶壶，他显然也看到了我的身后开着的大门和放在门口的箱子。

“你上哪里去?”

“我，呃，这个，你昨天不是说，要我搬回宿舍去住吗?”

我想他这时候一定会满脸喜悦地和我道别，因为家里终于可以消停了，他又是这个家里唯一的男人，也不用再见到我这个爱耍流氓的穷学生。他沉默了一会儿，我紧张地站在那里，一只手扶着柜子，一只手里攥着茶壶。也许他还在寻找合适的告别词汇。然而他并没有和颜悦色地送我出门，而是脸色阴沉下来，双手愤怒地挥舞着吼道:“这个家里难道都没有人听我的意见了吗?”

幸好在这一刻，两扇门同时打开了。莉萍和她妈妈分别睡眼惺忪地走过来。老朱仿佛受到侮辱一般，抱着手臂数落起来：

“现在是谁想来就来，谁想搬走就搬走了吗？今天托马斯搬走了，明天是妈妈，后天这个家里就剩我一个人了是吗？不行不行，这样可不行！我们这里可不是公共厕所，什么人想来就来想走就走！把你的行李拿回去，你就住在这儿。你的房间是客房，我先说清楚了！”

莉萍、她妈妈还有我，谁也不敢说一句话，只是吃惊地看着老朱。而他则从裤兜里翻出一盒小熊猫香烟，怒气未平地抽出一根来。这时他眼睛余光看到我手里拿着的茶壶。

“这玩意儿该放哪还给我放回去。我真得考虑考虑，是不是在家里装个监控摄像机。”

我原本想为自己辩护一下，但是在眼下，那种经典说辞“事情不是你想象的那样”恐怕帮不了任何人。所以现在他是不是觉得自己家里还进了个小偷呢。但是他仍然没有把我赶出去，这是为什么呢?

……

接下来的几天夜里我都没睡好觉。这并不是因为我被孤零零地发配到了客房。不，因为我人虽然躺在床上，大脑却在高速运转。

我知道，要想和莉萍在一起，我是绕不开老朱的。而且仅凭财富、实力或者其他作为女婿的优秀素质已经无法说服他了，我最好是证明给老朱看，我对他的女儿不是一时兴起，也不是像他说的“打一枪换一个地方”的花心大萝卜。突然间我明白了，现在只有一个办法行得通：向莉萍求婚。这样他就能知道，我对他女儿是认真的，我心里早就坚定要和她共度余生了。所有的犹豫不决，所有令人烦恼的关于女婿的闲话，都可以扔到一边。

“为什么不呢?”我在黑暗中大声问自己。

到了中国以来，我第一次感觉身上的压力减轻了，我坚信，最终一切都会有个圆满的结局。

计划赶不上变化

Plan und Wirklichkeit sind schlechte Freunde

在接下来的几个星期里，我和莉萍开发了一套听起来有点蠢的行动方案，来保证我们在夜里还是能有几个小时的亲密时间。一般情况下，我会定闹钟在周五到周六的凌晨两点或三点钟起来，蹑手蹑脚地潜入莉萍的卧室，然后天亮之前再偷偷回去。而到了吃早饭的时候，我若无其事地从客房里走出来，向丈人丈母娘愉快地道一声“早上好”。不过她爸爸仍然经常用狐疑的眼神看着我。毕竟他自己也有年轻的时候，而且就像我偷听到的那样，他那时候也不是纯洁的羔羊。然而眼下证据不足，所以他也不能指责我什么。

况且我也不打算长年累月地这么干，老是大半夜地在莉萍父母家里像做贼一样偷偷摸摸。我下定决心，准备向莉萍求婚。尽管我们才认识了一年，但是求婚可以让所有人感到满意，尤其是我。在郑重其事的求婚之后，我们至少就是未婚夫妻了，这一方面在中国和在德国没有多大区别。

这天夜里我留在自己房间里。在装饰绿色灯罩的小台灯发出的柔和光线下，我趴在床上。幸好我的肚腩帮我缓冲了木板床的僵硬，而且最近一段时间以来，由于我丈母娘的厨艺高超，我的减肥行动几乎未见成效。我的面前放着一张纸和一支笔。我在纸的抬头处用德语写上了 ANTRAG 这六个大写字母，开始筹划求婚行动。因为现在莉萍的德语水平也越来越高，我才只写了“求婚”这个德语词“Hochzeitsantrag”的后面一半，因为这个词拆开来直译就是“结婚申请”，我略去“结婚”只写“申请”，莉萍应该就不会发现了。因为我总觉得这张纸一不小心就会被她看到。这件人生大事我可不想给搞砸了。如果求婚成功，我就可以证明给莉萍和她爸爸看，我这个人既浪漫，又有足够的策划和行动能力。

我在纸上写下的第二个词是“戒指”。现在我只能靠自己来头脑风暴一下了。因为我不想去问自己在德国的父母。他们结婚的年代根本不存在这些浪费金钱和时间的事情。据说当时他们只获得了半天的假期来举行简短的婚礼，就已经心满意足了。像什么求婚啊，订婚啊，还有蜜月之类的劳什子更是无从谈起。

而我的丈人丈母娘呢——我姑且在心里这么称呼他们——我就更难去征求他们的意见了。我发现，但凡讨论话题和我们共同的未来沾上一点关系，或者哪怕只是泛泛地提到婚礼，老朱就会立刻退出讨论。

“我对这些女人聊的话题不感兴趣。如今办婚事反正也都是大同小异。”

但是我们大家都知道，这又是他的刀子嘴在作祟。其实在他那如豆腐般柔软的内心，是非常害怕有那么一天，他唯一的女儿走出这个家门的。所以他其实是想逃避这个话题。去问莉萍，那就更不可能了。所以这筹划求婚的事儿只能靠我自己。

到目前为止，除了“申请”之外，我还在纸上写了“戒指”，成果可真丰硕啊。

由于资源和人力有限，所以我在求婚地点这一项写下了“家里”。这显然是最容易操作的方式。我得去采购一些蜡烛啊，玫瑰花啊，戒指自然是不用说了。这些我都可以通过网购搞定。这时候我对马云叔叔充满了感激。正是因为他创建了淘宝，才能让我们可以轻松下单，等待送货上门。我打开淘宝，订购了新鲜的红玫瑰并标注请卖家明天送到，一大堆蜡烛，还有一枚钻石戒指。在送货备注栏，我填上了“送至传达室”。这样等莉萍去上班了，我就可以趁没人注意，悄悄跑去取包裹，然后回来布置一切。接下来的浪漫求婚场景，我是这么设计的：

在结束一天的工作后，莉萍带着疲惫回到家打开门，发现四下里寂静昏暗。她走过门厅进入客厅之后，就会看到一片烛光的海洋和一束做成爱心造型的玫瑰花。而我则穿着一身正装，庄重地单膝跪地，在小提琴音乐的伴奏下，向她送上熠熠发光的钻戒。

接下来，她会饱含热泪地说“我愿意”，然后我们就像童话中的王子公主一样，永远过着幸福而美满的生活。连我自己都被这想象中的场景感动了，我甚至还轻轻拭去了眼角的一滴泪水。

计划已经敲定。接下来就是按部就班，一步都不能出差错。我心满意足地进入了梦乡。

第二天早上，直到太阳照进房间我才醒过来。

“我还得邀请未来的丈人丈母娘来见证这一刻才行啊。”我突然冒出这个念头。这么浪漫的一刻将会让他们彻底相信，他们得到了多么优秀的女婿。我丈母娘本来就挺喜欢我的，这下会更加疼爱照顾我；而老朱也会放心地把女儿交给我了。我会向他证明，我对莉萍是认真的，我不只是想和她分享一张床，而且还想和她共度余生。

这是一个很棒的主意，我最好先跟莉萍妈妈商量商量。她需要在约定的时间和老朱一起到场。我不需要帮忙，只需要他们在场。因为我不希望在电话里讨论这样的事情，所以我在住宅小区门口找到一辆共享单车，急匆匆地骑车三公里去驾校。

汗流浃背地赶到驾校，我看到自己未来的丈母娘正坐在电脑前，填写着什么表格。尽管老朱名义上是驾校老板，但是我们大家都知道，真正管事儿的是她。老朱不知去向，不过桌子上满到要溢出来的烟灰缸已经明确地划定了他的地盘。可能他又去哪个按摩中心了，或者是正在麻将桌上努力把当日的营收翻番。

“妈妈，你吃过饭了吗？”

不管在什么时间，在中国只要遇到熟人都可以用这句话来打招呼。

“我吃过了。有什么事？”她一边问，一边在键盘上敲击出轻快的声音。

“是这样的，”我直接进入主题，“我想要向莉萍求婚。我知道，老朱不喜欢看到我们两个没结婚就住在一起。所以我觉得，结婚是最好的解决办法。反正我们早晚都要结婚的，爸爸一定会感到高兴。”我还在继续往下说，没有注意到她的反应。

“我都计划好了。你们只要星期五晚上六点钟回到家就行，等莉萍下班了……”

“没门！”她打断了我。键盘的敲击声也停下来了。

我转过身看了看，门不就在我身后吗。

“我是说没——门。”她又重复了一遍。我只好把万能的手机请出来，把“没门”两个字输入词典，屏幕上跳出来的解释是“毫无可能性”。这意思再明白不过了。

就这么短短两个字，我梦中的烛光海洋被吹灭了，小提琴音乐也戛然而止。

“我理解你的意思，但是这件事情很复杂。莉萍爸爸心情也很复杂。他一方面希望你们早点结婚，这样就不用听他那些朋友的闲言碎语了；但另一方面他每次一听到谈论话题和结婚沾上一点关系，就跑开了。所以你现在不知道该怎么办。”

这真是一语中的。我现在知道莉萍的理智头脑是从谁那里继承而来的了。反正不是她爸爸。

“我老公心里很脆弱的。如果他亲眼看到莉萍答应你的求婚，那他会受不了的。因为这对来他说，就意味着最心爱的女儿被人夺走了，而他也不再是女儿生命中最重要的男人。”

可生活就是这样啊，我在心里默默回答道。成千上万的父亲都经历了这一道坎，而且过了这道坎之后不也都挺好的吗！

“虽然他从来没有跟我说过，但是我觉得他并不讨厌你。所以我觉得，你当然可以求婚，但是不要让他在场。”

关于这个话题的讨论显然对于她来说已经结束了。她又开始在键盘上打字，中间还时不时啜一口花茶，感觉十分享受的样子。我擦了把额头上的汗，现在我又变成孤军奋战了。但现在我明白了一点：家庭对于中国人来说极为重要，莉萍对她爸爸也是万分敬爱。我必须要重新制定计划。可是怎样的计划才能行得通呢？也许我的思维方式还是过于德国化了。如果我想要成功娶到我的中国新娘，那就必须要像一个中国人那样去思考。

“自己好好琢磨一下吧，托马斯，”我对自己说，“你要向莉萍学习。你要证明自己可以像她一样制定出天衣无缝的计划。”

除了家庭之外，第二重要的自然就是朋友了。不管莉萍还是她爸爸都是如此。有时候我甚至觉得，家庭和朋友的排序先后是可以互换的。上次我们去 KTV 唱歌的时候，莉萍爸爸唱了一首曾红遍中国大街小巷的《朋友》：

朋友不曾孤单过

一声朋友你会懂

还有伤 还有痛

还要走 还有我

从他和朋友在一起的时间这么长来看，我知道，朋友就是他的另一个家。

“朋友就是另一个家，”我一边蹬着自行车回家，一边默默念道，“朋友。”

对了！如果莉萍的第一个家庭不愿意跟我配合的话，那我就找她的第二个家庭嘛！不过为谨慎起见，我还是先把第二天的鲜花给退了。

……

考虑一番后，我决定找Tiffany和Dreamy求助。Tiffany是莉萍友谊最长久的朋友，她们从上小学那会儿就认识了。而且她在求婚方面有很多经验。据莉萍说，她已经拒绝了无数追求者的求婚，就是因为求婚者不够“隆重且真诚”。翻译成通俗语言就是，要么求婚戒指的钻石克拉数不够，要么是账户存款太少。而Dreamy已经为人妻、为人母，在如何让女人更幸福这方面一定可以给我一些中肯的建议。我跟她俩约在咖啡馆见面，并且嘱咐他们一定要对莉萍守口如瓶。尽管如此我还是有点担心会走漏风声。

几天后的一个星期三下午，我们在约定地点见面了。这时候莉萍还在上班，所以我也不需要编一些荒唐的理由跑出来，引起她的怀疑。而两位闺蜜可能反正也被老公或者是不断更换的追求者弄得厌倦了，所以也为我空出了一整天的时间。

闺蜜，顾名思义就是闺阁之中的蜜糖，这个名称让我感觉信心倍增。我希望能通过我未来妻子的闺蜜，来了解一下她的闺阁生活，让她幸福得比蜜还甜。

“来一杯港式奶茶，谢谢。”

我点了菜单上最便宜的一款饮品，这是为了明白告诉两位女士，今天的见面是一次简短高效而且预算有限的会谈。

“我也要一样的，谢谢。”Tiffany 对服务员微笑道。我松了一口气。

“然后再要三份柠檬蛋糕，两份榴莲酥，一份红豆布丁，四个蓝莓纸杯蛋糕和三块奶油蛋糕。”

我顿时没了胃口。我需要她们的帮助，即使两位女士吃到明天也不可能消灭掉这么多甜点，我也照样要全数买单。这是我来到上海几个月以来学到的。

我用简短的语言讲述了自己的两难境地。

“我想向莉萍求婚，但是我连德国人是怎么求婚的都不知道，更不用说在中国了。这次求婚必须要做到百分之百的完美。”

“包在我们身上好了。”Tiffany一边安慰我，一边咬了一大口蛋糕。看着她那苗条的腰身，我不无羡慕地质疑，这些吃下去的卡路里都去了哪里。很可能都到了腿上吧，要不然她怎么个子那么高。

“我们最好星期天行动。我会约莉萍到新开的购物中心去逛街。”在花了几分钟享用蛋糕的美味之后，她提出了这个建议。

那就是四天之后了。我反正也不需要太多的筹备时间。那些网购的蛋糕和戒指已经存在传达室大叔那里好几天了。每次见到我，他都要抱怨自己的传达室非常狭小，让我赶快把东西拿走。好在我从附近超市买了一包“熊猫”香烟塞给他，就再也听不到他的抱怨了。

“可是星期天怎么去逛街呢?”我带着疑问望向一直没有做声的Dreamy。但是她没有回答我，而是端起自己点的第二杯茶轻轻抿了一口，然后一块又一块地吃着柠檬蛋糕。我开始问自己到底为什么要把她请过来。除了让我财务超支的幅度继续攀升之外，她到目前为止没有为我的重要行动做出任何贡献。相比之下Tiffany明显更加上心。

“我们可是在中国啊，托马斯。这里的商店一周七天都营业的。”她为我的天真翻了个白眼。我喝了一小口对于我的口味来说甜度过高的奶茶，陷入沉思。

“可是老实说，我总不能在商场里向莉萍求婚吧，”我皱着眉头说，“这和在停车场或者是高架桥上求婚有什么两样？”

我多少还是懂一点浪漫的，购物中心和停车场在我心目中的“求婚成功率最高的地点排行榜”上，应该是并列最后一名吧。

“你不懂，”Tiffany 略带挫败感地反驳我，她对自己的建议坚信不疑，“莉萍一定会喜欢的。我们都喜欢逛街啊！而且越多的人看到，就越浪漫。你们可以向全世界宣告你们的幸福。”

她说的也许有道理。毕竟我把她俩请过来，就是因为她们和我的心上人相识更久，更了解她。不管我高兴与否，可能都得听她们的。可是一旦想象起这个画面：在一家偌大的商场里，我在扶手电梯边光滑的地板上单膝下跪，在几十名围观群众的注目之下，等待莉萍回答“我愿意”，我就没有办法把它和“浪漫”二字扯上关系，实在是不行。正在我犯嘀咕的时候，Tiffany 接着说：

“如果你想要私密一点的话，我们就这么办：在购物中心后面有一座花园，或者说是一片绿地吧，那里有树。我们可以在逛完街之后往那里走，你就在那儿等着她。”

我心中重新燃起了希望。对于我人生这么重要的时刻来说，花园总要比喧嚣嘈杂的商场要好多了。“那么等你们到了那儿之后，我该怎么办呢？”

Tiffany 突然神秘地一笑。

“稳住了啊。现在大场面要来了!”

我太期待了。究竟是什么大场面,能够让我的中国女友立刻同意与我共度此生?

“我男朋友新买了一辆保时捷。钢琴黑的,顶级配置,这是每个女人的梦想。莉萍如果看到的话,会晕过去的。”

哦,原来是保时捷啊。我还以为会是心形的烛火,或者是玫瑰花海呢。

“呃,所以,我要开保时捷过去?”我有些疑惑。Tiffany 却愈加兴奋起来。

“对啊,就是这样。等我们从商场里面出来,一辆保时捷开到面前,然后你穿着一身黑西装下车,手里捧着一百朵玫瑰,在她面前单膝跪地。哪个女人不会立刻说我愿意?”

她一边说一边激动地拍起手来。

“你觉得怎么样?”我转过脸问 Dreamy。

“好吃!尤其是榴莲酥。”说完这句话,她就起身去洗手间了。也许是因为她喝了太多奶茶吧。

“但是莉萍对豪车根本不感兴趣啊!”

“所有的女人都喜欢豪车!”

“可是……”我想不出什么理由去反驳她。毕竟她认识莉萍的时间比我长很多年,也许是我对中国女孩心里的秘密愿望了解太少。我把这两个闺蜜请过来，不就是为了想知道她们的闺中秘密吗?

“好吧，既然你这么说。那我就开着保时捷过去。”

我把服务员叫过来，暗暗叹了一口气，为昂贵的蛋糕和过甜的奶茶买了单。

……

“我今天下午要和Tiffany去逛街。你要一起去吗?”周日吃早餐的时候，莉萍问我。

我正在往吐司面包上抹着果酱。我虽然还没有办法搞到符合德国胃的全麦小面包，但至少现在有了一台咖啡机。我喝了一口真正的黑咖啡，装作漫不经心地回答道:

“不要不要。你们老是拿我开玩笑。我还是在家里看书好了。”

这时我想到了挂在衣柜里的那套熨烫平整的新西装。几个星期前，莉萍带我去裁缝店量身定做了一套西装。“万一有个什么重要场合要穿呢。”莉萍说。不过也许她并没有料到，这件西装第一个派上用场的场合就是求婚。而且是向她求婚。一想到即将要发生的事情，我的脸不由自主地微微泛红。莉萍立刻察觉到了。

“你是不是在搞什么鬼?”她带着疑问的眼神审视着我。我有点心虚地否认了，然后赶紧站起身把我的餐具端去厨房，以转移话题。

下午一点左右，莉萍过来跟我吻别。

“一会儿见，呃，晚点见，我的意思是，晚上见。”

她没有发现我的紧张，至少看起来是这样。

等她一迈出家门，我就开始忙着收拾东西。莉萍父母和朋友约着去打麻将了，所以我也避免了回答尴尬的问题。我们和Tiffany约好了15点13分见面。之所以这么精确，是因为“一五一三”谐音“爱我一生”，有好彩头。

我把西装从柜子里拿出来，先把衬衫和西裤穿上，领带和西装拿在手里。我觉得自己的血压已经开始飙升了。如果我现在突发心脏病的话，不管是订婚还是结婚就都遥遥无期了。

我一只手拿着衣服和刚从传达室取出来的包裹，另一只手捧着快递小哥准时送到的新鲜红玫瑰，坐上了出租车。

“去万达广场后面的那个花园，谢谢。”

“花园？你这个老外可真逗。那里只是片荒地。”

他一定是弄错了。Tiffany说了，那是片花园，至少有绿地，有树。

路程很短，我们一会儿就到了目的地。这时我才明白司机说的是什么意思。我们到了一条死胡同的尽头，面前是万达广场巨大的水泥墙，靠墙放着的是几个大垃圾箱，旁边还有一家商店延伸出来的铺面。紧挨着建筑物的是一片很小的树林，树木高耸。出租车司机一边给我找零，一边狡黠地笑着说：

“我小时候特别害怕这堵墙。据说过去上海的死刑犯都是在这里处决的。”

我瞪大了眼睛。

“别怕，现在这儿只有垃圾了。”

好吧，这真够安慰人的。不过这也解释了为什么我总闻到一股腐败的气味。我看了看表，差一刻就三点了。我只有不到半个小时的时间了，现在临时取消行动或者改变行动地点都来不及了。

“祝你好运！”

尽管我没有告诉司机自己有什么计划，但是好运对于眼下的我来说还是需要的。我关上车门，出租车慢慢开走了。在树林旁边，也就是距离我五米处，我发现了一辆黑色保时捷。一个手臂上刺着文身，嚼着口香糖的小伙子靠车站着，他看起来大约 25 岁上下，应该就是 Tiffany 的新男友吧。他没精打采地跟我打了个招呼，把车钥匙递给我。现在我只需要在莉萍和 Tiffany 她们过来时会经过的地方，把蜡烛摆成心形，然后把包裹拆开，拿出戒指，再打上领带，穿好西装。我接过车钥匙，把手里的东西放在车旁边。

“我去解个手。”Tiffany 的保时捷男友说着就消失在树林里。这时候我的手机响了，Tiffany 的短信。

我们现在就过来，我实在撑不下去了。刚才已经差点说漏了嘴。一会儿见。

短信的最后是十个心形图标。红色的。我现在的智能手机已经可以显示彩色了。现在可太早了，我有点生 Tiffany 的气。我从一开始就应该自己来操办这一切的。之前是她花了个把小时给我解释为什么非要 15 点 13 分求婚，现在突然她又撑不住了？我真想给她的短信回十个骷髅头，但是我实在没时间了。

不要慌，淡定，托马斯。深呼吸。我把装着戒指的包裹、我的领带、蜡烛还有花束扔到汽车副驾驶座位上，然后把自己费力地挤进驾驶座。跑车的车内空间拥挤，我的肚子都快卡到方向盘上了。我费力地把保时捷开到一个位置，确保可以看到购物中心的后门，同时又让自己不被发现。我忙着打好领带，这时候门开了，Tiffany 笑着把一脸不解的莉萍推到门外。

她们站在两个垃圾箱之间，四下张望。我能看见她们的嘴在动，但是因为车窗关着，我从这个距离听不见她们在说什么。Tiffany 满脸放光，兴奋得好像自己就是那个要被心上人求婚的姑娘。可能她仍然坚信，在这里求婚是一个绝妙的主意。

不管怎样，我现在必须过去了，要向莉萍表白我的爱，要问她是否愿意成为我的妻子。我踩下油门，但是我低估了保时捷的加速性能，这50米的距离我只花了半秒钟，然后在两位女士面前来了个紧急刹车。她们吓得跳到一边去。我心怀愧疚地给发动机熄了火，从副驾驶座上拿过玫瑰花束，又从驾驶座挤出来，绕过车身，走到仍然一脸惊诧的莉萍面前。这时Tiffany的男友回来了，他把双手在运动裤上蹭了蹭，重新坐回驾驶座。

现在我站在了莉萍的面前，努力回想着自己的计划。对了，现在该是爱的表白了，我应该用深情的告白让她忽略求婚地点很奇特这件事。嗯，对，可我的台词是什么来着？

我咚的一声单膝跪地，把玫瑰花奉上。莉萍接过花束，到现在我们俩谁都没有说一句话。只有Tiffany站在莉萍旁边，对着自己的手机镜头在说着一些我听不懂的话，而且她并不是在给我和莉萍录视频，而是在拍自己。

好了，托马斯，现在该把戒指拿出来了。我把手伸进裤兜，却突然心里一紧，不对啊，戒指的包裹都没打开，还放在汽车的副驾驶座上呢。就在这一刻，我听到保时捷的马达开始轰鸣。我急忙跳了起来。

“等一下，宝贝。”我对莉萍说。这是我在整个求婚行动中说的第一句话。我冲到汽车跟前，猛地拉开副驾驶座的车门。从开始到现在，Tiffany的这位男友始终对我不怎么感冒。他不耐烦地看着自己的手机，可能他和我们大家一样，都想早点离开这个上海的卫生死角区吧，所以他在不停地玩着踩油门的游戏。

我抓起那个小小的包裹，一边朝着两位女士走过去，一边拆着包裹。平时我有多感谢淘宝卖家的包装安全稳妥，这个时候就有多痛恨这一点。几分钟以后，感觉像用了一个世纪的时间，我终于把那枚小巧的钻石戒指从那固若金汤的纸盒“监狱”中解放了出来。在购物中心外墙的白色霓虹灯光下，戒指闪烁着迷人的光芒，格外美丽。Tiffany 的兴奋激动已经开始转变成百无聊赖，她已经停止录像，开始用手机自拍。而莉萍看着我那副努力想要给她安排一个浪漫求婚的无助模样，也越来越觉得好笑。她止不住地咯咯笑起来，小小的酒窝格外迷人。

当我把戒指举到她的面前时，我已经放弃了长篇演讲，而是直截了当地问她：

“莉萍，你愿意嫁给我吗?”她并没有留下幸福的泪水，反而大笑起来，笑得眼泪都流到面颊上。我的眼睛也湿润了，但主要是因为咸咸的汗水流进眼睛里。隔着一层水雾，我看到的莉萍是模糊的，但是我清楚地知道，这就是我这一生的爱人。换作其他女人，可能早就对我这样的家伙感到绝望了，但是她却能以幽默泰然处之。

“好的，我的小胖子。我愿意。”

我幸福得快要飞上天，跳起来就要去吻她。但是莉萍拦住了我：

“只有一个条件!”她笑着补充道，“你必须得补给我一个正式的求婚。我要我的父母和朋友都在场，一次真正浪漫的求婚，有小提琴的音乐，还有蜡烛啊什么的。”这时候我才想起来汽车副驾驶座上的蜡烛包裹。算了，可以留给 Tiffany，让她和男友搞一个浪漫的约会。

我点头答应。莉萍擦干脸上的泪水，我擦干额头上的汗珠。终于，我们接吻了。

在灰色的水泥墙和阴森森的树林中间，我们紧紧相拥。Tiffany 的承诺至少有一点兑现了，那就是这地方的确够私密。除了她和她男友之外，见证这一刻的只有一只正在垃圾桶里寻找食物的大老鼠。

一山不容二虎

Auf einem Berg können nicht gleichzeitig zwei Tiger leben

在之后的几个星期里，我每每回想起那一天，都还惊叹不已。我找到了一个有着独特幽默感的女朋友，当然现在已经是未婚妻了，这令我感到无比的喜悦。我把求婚仪式搞得那么糟糕，她为什么还能答应嫁给我，至今仍是个未解之谜。她一定是太爱我了吧。

不过，求婚还不等于结婚——在我未来的丈人眼中尤其如此。

“你买了个新戒指啊。”有一天晚上吃过饭后，我们一起坐在电视机前看选秀节目，莉萍正在啃苹果，她爸爸看了看她说道。

“是啊，爸爸。我们订婚了。”我们还没有正式通知他这个消息。当然我们早就跟莉萍妈妈分享了我们的幸福。这时候她正坐在我和莉萍旁边，慢慢啜饮着一杯绿茶。

“订婚了，什么叫订婚了？你们这些年轻人净想些奇奇怪怪的玩意儿，让人完全搞不懂。当年我和你妈妈经人介绍认识，相处了两个月就登记结婚了。”

他最后吸了一口烟，把烟头在烟灰缸上反复按熄灭。

“嗯，爸爸，我们很快也会结婚的。”

我默不作声地观察着父女俩的对话。他一定会高兴的，因为到目前为止，他最大的眼中钉就是我和莉萍没有结婚却住在同一屋檐下这件事。她妈妈私底下跟我们说过，他的朋友们早就嘲笑过他，说他这么保守的一个人，竟然能在家里容忍这样的事情，简直不可思议。

“结婚？别开玩笑了！你们根本没有办法养活自己。你们要靠什么过日子？”

我本来想介入讨论，但是想起了莉萍的叮嘱，必须遵循“我沉默、她说话”的战术原则。这时候莉萍把啃完的苹果核使劲地按进烟灰缸里压住烟头，就好像那烟头代表着她爸爸一样。

“就算只能靠空气和爱情过日子，我们也要结婚，而且会尽快地搬出去。”

她抱着胳膊，赌气似的看着电视上正在飙高音的选秀歌手，而老朱没有答话，只是又点燃了一根香烟。

……

我们下一步要做的就是去民政局登记领证。只要那红色的小本子拿到手，这世界上就没有任何人可以阻止我们在一起生活，也不能阻拦我们分享同一张床，即使是老丈人也不可以。我在脑海里已经开始勾画着自己雄赳赳气昂昂地搬出客房，进驻莉萍卧室的那一天。即便是结了婚，我们可能也要先在这间屋子里将就一下。因为要自己买一套房子，我们的确没有这个经济实力。在这方面老朱确实说得有道理。但至少我们正式成为夫妻，他的那些朋友就不会再说闲话了。老虎也可以重新收起他的利爪了。

我们当然想要尽快结婚，但是中国和德国两边的繁琐手续就足以让我们头疼。首先，在中国登记结婚需要出具一份未婚证明，全称为“无婚姻登记记录证明”。办理这份文书的手续就像它的名称一样复杂。几个星期下来，我们从民政局跑到德国驻上海领事馆，到公证处办理公证，再去将文件翻译。堆积如山的文书证明经过复印、公证、翻译、盖章和签字认证之后，我们终于把厚厚的一叠材料，包括两种语言版本的出生证明、居住证明和未婚证明，所有文件一式三份，再加上所有申请登记结婚所需要填写的表格，一并寄到我德国家乡所在地的户籍登记处。然后就是等待。

此时的上海已经入秋。这是我在这里最喜欢的季节。树叶开始变黄，你可以在公园里惬意地散步，既不会热得汗流浃背，也不会冻得缩手缩脚，而且家里也不用开空调了。

一天晚上，我和我的未婚妻，还有她的妈妈一同坐在饭桌前。那天的饭菜和往常一样丰盛，有干炸小鱼、胡萝卜炒山药，还有鲜嫩的豉汁蒸排骨。饭后我们喝着茶，我迫不及待地寻找着机会宣布新消息。按照惯例，我希望先把莉萍妈妈拉入我们的结婚大计，之后再寻找时机告诉老朱。他一吃完饭就回到自己的房间，一边喷云吐雾，一边在吵闹的电视噪音中慢慢结束一天的活动。说是噪音真的一点也不过分，因为我这位未来的老丈人已经不再年轻，他的听力也逐渐下降。上个星期我还帮他把他的最新款苹果手机显示字体调到最大。莉萍妈妈几个月

福

上海市民政局
SHANGHAI CIVIL AFFAIRS BUREAU

百年好合
永结同心

新闻
阿福
CCTV
月31日
期日

今晚80后脱口秀
80's TALKSHOW
六个核桃
六个核桃

福来阿福

前不动声色地放在他床头柜上的老花镜，他动也没有动过，现在眼镜上已经积起了灰尘。他的骄傲不允许他接受自己的衰老。如果他的鼻梁上突然架起了老花镜，那些朋友们会怎么想呢？

莉萍妈妈拿出一个火龙果，娴熟地切成小块。她的刀工非常高超。中国人不在餐桌上使用刀叉，而是在烹饪的时候就把所有的肉类和蔬菜加工成适口的大小。

“我们今天拿到无婚姻登记记录证明啦！”我欣喜地宣布。这份文书意味着政府部门正式确认，托马斯·德尔克森和朱莉萍结成夫妻已经不存在任何障碍。最起码从民政局的角度来说是如此。莉萍看我的眼神里充满了幸福，很快我们就可以名正言顺地永远在一起了。

“你们打算什么时候结婚呀？”丈母娘愉悦地问道，一边把装着火龙果的盘子放到我面前。现在我已经变成在她那里最受宠的孩子，莉萍发现自己在家里的地位下降了，甚至还会闹点小别扭。我却心安理得地享受着特别待遇，当作是对和老丈人关系紧张的一种平衡。

我拿起一根牙签，插起一块白色的火龙果肉放进嘴里，迷人的清甜顿时在舌尖上弥散开来。这是我最爱吃的水果。

“呃，反正就是最近一段时间吧，”我漫不经心地回答道，“等什么时候我们有时间，我们四个一起去一趟民政局，登记完了之后我请你们吃一顿饭。”

莉萍漫不经心地啃着火龙果没有搭话，她可能正在想象着自己穿上婚纱的模样。但是丈母娘却气恼地说：

“这样的事情可不能随便找一天就算了，即使只是去登记，那也是结婚啊，孩子。如果选了个不吉利的日子，会影响你们的婚姻幸福，会要不上孩子的。你们肯定不想冒这个风险吧。”

我们当然不敢冒这个险。我知道自己的丈母娘已经迫不及待地想要尽快抱上一个中德混血的外孙，并且向自己的朋友们炫耀一番。

“我给老张打个电话。他是我们过去的老邻居，特别会算黄道吉日。他肯定能给你们挑一个结婚的好日子。”

……

首先我得给老张递上一份厚厚的红包。在中国，红包是最常见的礼节，不管是亲友过生日，还是生病住院，抑或是办喜事选日子，都少不了红包。不过随着科技的发展，传统的红包也越来越少见，取而代之的是电子红包，更加快捷方便。

我和莉萍默默品尝着老张端上来的茶水，看着他那瘦骨嶙峋的手在一张纸上写着汉字和数字。他十分专注，灰白的山羊胡子随着书写的动作微微摆动。过了差不多半个小时，他放下笔，自豪地向我们展示他的成果：12 月 14 日。

“这是在新月和满月之间的一天，月亮越来越圆，意味着你们的婚姻也会越来越幸福。”他解释道。

我喝了一口绿茶，有点无聊地四处张望。哪怕结婚那天的月亮变成长方形，我也无所谓。我只想要和我的妻子安宁地共度一生，没有老丈人时不时的咆哮声，我就很满足了。我原本计划用求婚来安抚他的情绪，但显然没有成功。老朱至今仍然很少和我说话。看起来我只有尽快和莉萍举行婚礼，才能让他真正把我视为这个家庭的一员。

"而且这个时候金星上行，有利于繁衍后代，"他继续解说道，"日月处于和谐相位，这个很重要。否则年轻夫妻很容易闹矛盾的。"

茶喝完了，我们起身告辞。老张马上作势要把红包塞还给我们。现在我已经学会了其中的奥妙，知道这不过是一种客套。我们当然应该酬谢他，毕竟他给算出的黄道吉日直接关系到我们未来的婚姻幸福。但是在中国，如果不经过一番推辞就收下红包是不礼貌的。所以那个红包也在我们和老张之间推来送去好几遍。我还是依照老规矩退到一边，让莉萍出面。

"不行，这个我不能收。"

"当然得收，您费了这么大精力帮我们。"

"你父母一向都对我很好。我要是收你们的钱，怎么过意得去。"

"但是我上次过生日，您还给我红包了呢。我必须要回礼的。"

经过了几分钟的推让，老张终于收下了红包。他很不情愿地接过红包，再次表示实在过意不去。但我敢保证等我们一迈出大门，他就会迫不及待地打开信封，数数有多少钱。

这红包里包多少钱也是有讲究的。老张在莉萍上次过生日的时候给包了 800 元钱，我丈母娘已经把这笔账目工工整整地记在她那本小小的黑色笔记本里，“已收红包”那一栏下面。为了在面子上过得去，我们需要至少再追加个 100 到 200 元钱。所以我们在这次的红包里面装了十张“毛爷爷”。这些人情礼节就这么随着各种红白喜事不断往来，不断追加，从出生到婚礼再到丧礼。最终结果其实就是一笔钱不断地你来我往，但是有些习俗是不能用逻辑去判断的。

……

“妈妈，我们要结婚啦!”

因为德国乡下的网速较慢，所以我宣布喜讯之后等了几秒钟才得到回应。视频聊天卡在了我的妈妈静静看着我的画面。

我们订婚那会儿，我已经跟我的父母讲过了。我省略了一些细节，为了让那次状况百出的求婚听起来多少还有点浪漫情怀。好吧，说实话，我其实省略了所有的细节。因为那个求婚的故事已经彻底没救了。我只是告诉他们，莉萍说了“我愿意”，然后让莉萍自豪地对着手机摄像头展示了一下订婚戒指。

“她怀孕了吗?”我妈显然又在往那个方向联系了。

“没有，妈妈。当然没有啦。”不管是在中国还是在德国，我们的父母似乎总是会提出同一个范畴的问题。

“我们想结婚是因为我们相爱。这是唯一的原因。”

“好啦。我只不过是问问，你的哥哥姐姐们都已经完成了生儿育女的任务，我还没有那——么老。”

“好啦，我们先结了婚再说。登记结婚的日子定在 12 月 14 日。”

“这个日子好奇怪啊。距离圣诞节那么近，谁会在这个时候办婚礼呢。况且对你的老父母来说，这么来回飞也够折腾的啊。”

我想了一秒钟，是否要把老张给算黄道吉日的事情跟她说，但是很快就打消了这个念头。

“哎呀，其实最重要的还是正式的婚礼。婚礼定在明年春天。你们那个时候再来吧，而且上海的春天很暖和。”

……

不过我的丈母娘对那一天是否只是登记结婚并不在意，她满心欢喜地期待着它的到来。为此她专门去裁缝那里定做了一条传统式样的旗袍，鲜艳的花纹锦缎将她的腰身修饰得恰到好处。每天她都会穿上这件旗袍对镜自赏一番。为了不刺激老朱那脆弱的心灵，我们还什么都没跟他说。不过他看到自己的老婆每天都要穿上旗袍对着镜子左照右照，应该已经能预感到即将发生的事情了。

今天是向他发出正式通告的最后机会了。已经到了12月13日，明天就是那个重要的日子。这一天太阳、月亮、金星等一众行星全都排列在恰当的位置，而我和莉萍将会一起到上海市民政局登记结婚。

“快去，”莉萍推我从沙发上站起来，“到他的房间里，告诉他明天就是登记的日子。没有什么事情能比他亲自来见证这重要的一刻更令我们感到幸福了。这一定会让他感觉自己很受重视！”

经过一段时间的磨炼，我的确觉得自己渐渐懂得了中国人的处事和思维方式，所以这次也带着比以往都更充足的自信，走进了我未来老丈人的房间。他正躺在床上，盯着光影晃动的电视。

“爸爸，”这是我第一次这么称呼他，“爸爸，明天我和莉萍就要去登记结婚了。”

没有反应。

“我们非常希望你能够陪我们一起去，这对于我们来说特别重要。毕竟从明天起，我们就是真正的一家人了。”

他终于把视线移到我身上。他的目光阴沉，眉头紧锁。房间里只有电视里的声音，老朱沉默不语。他没有回答我，只是点燃了一根香烟，深深吸了一口，然后冲着我的方向吐出一团白色的烟雾，仿佛要用它把我赶走。

这时候莉萍也悄悄地跟过来。她站在门口低声催促我："快说啊。"我喃喃道："我说了啊，但他没反应。"莉萍干脆走进房间，大声而清楚地问："爸爸，你明天跟我们一起去吧？"

老朱表情僵硬地躺在床上，看着一部关于非洲象的纪录片。"雌性的幼象终生与象群相伴，从出生那一刻开始，它们的关系就固定下来。即使发育成熟到了繁殖期，雌象也不会离开象群。"解说员用一种低沉的声音讲述道。

还是没有反应。这时候莉萍妈妈介入了，她把我们两个拉到房间外，把门在身后关上："他还需要一些时间来消化这个消息。他有时候就像个孩子，先别管他了。明天我陪你们去民政局。"

这时候我意识到，要想真正了解中国人，尤其是读懂我老丈人的心思，我还有很长的路要走。

这天夜里我因为过度激动而睡得很糟。我梦见自己和老丈人以及一头雌性小象被一枚火箭一起送到了月球上。整个飞行过程中，我都在试着和老朱说话。但是那小象却用它的长鼻子堵住了我的嘴，导致我一个字也说不出来。在经过几个小时的沉默之后，我们终于到了月球上，那里已经有一位穿着红色长旗袍的民政局女公务员在等着我们。

“我们还要等新娘子。只有金星和太阳呈九十度角的时候，她才能来。”她用毫无感情的声音对我们说。

所以我们只好继续沉默地等待。我的老丈人、小象还有我，老老实实地站成一排。但是金星却迟迟没有运行到预定的角度。女公务员焦急地说：“还差两度，如果在十分钟之内不能完成的话，我们就得推迟登记仪式。”她翻看着放在面前讲台上的一本厚书。我紧张地用脚拨拉着脚下的月球细沙。老张不是算好了吗，为什么那该死的金星还不赶快就位？

“如果今天不行，那我们就得把仪式推迟到 3987 年的 1 月 67 日，这就是我下一个有空的时间。”

我完全忘了今天是什么日子，只知道距离 3987 年 1 月 67 日还有很长很长时间。那我恐怕要在朱家装饰精美的客房里再睡上几十年了。

梦到这里，我在惊吓中醒过来。啊，还好只是个梦。这真的是我在客房的最后一夜，从明天起我就可以名正言顺地和莉萍同房共眠了，再也不分开。我看看闹钟，凌晨四点了。还有三个小时我就得起床了。我从被冷汗浸湿的被子里钻出来，走向洗手间，想着在排掉昨晚喝的白开水的同时，也把噩梦的阴影一起赶走。客房和莉萍爸妈卧室之间的洗手间关着门，虽然没有灯光透出来，但我听到有抽泣的声音。我敲了敲门，里面立刻安静下来。

我蹑手蹑脚地走近莉萍的卧室，小心翼翼地把门打开。她在自己的床上睡得十分香甜。

她的房间紧挨着一个洗手间，我进去解完手，回到自己的房间，疲惫地躺到床上睡着，这一觉虽然短暂但却安稳无梦。

……

第二天早上一吃完饭，我和莉萍母女就开始装扮一新。我那套定做的西装第二次穿上了身，莉萍挑选了一件简洁大方的衬衫，加上淡淡的妆容，更衬托出了她朴实爽朗的个性。正当我们要出门的时候，卧室门开了，我老丈人看向我们，眼睛显然有些红红的。

“呃，那就祝你们一切顺利吧。我今天有个重要的会，但是妈妈可以发几张照片给我看。”说完这话，他就消失在洗手间里。估计昨天夜里他有一半的时间都是在那里面度过的。

莉萍妈妈一边开车带我们去民政局，一边向我们讲述着老朱的故事。

“你们知道的，他这个人几乎从来不掉泪。我只见过两次，一次是在他妈妈的葬礼上，还有一次就是我两年前做手术拿掉囊肿的时候。”莉萍同意地点点头，她还记得。

“昨天就是第三次。他的女儿现在长大了，很快就要永远走出这个家了。哪个爸爸不会觉得心里难受啊。”

我突然间感觉有一股忧伤涌上心头。我想起当年我姐姐结婚的时候，我爸爸在整个婚礼上一言不发，然后在某一个瞬间突然泪崩，让所有人都吃了一惊。可能我老丈人也在经历类似的心路历程吧。从外表上看，他充满了男子气概：身材强壮，皮肤黝黑，仿佛任何人任何事都无法撼动他。但是现在，他必须要松开手中的缰绳了，因为他无法决定自己的女儿爱上什么人，女儿突然间要远离自己了，也没有人去询问他心里感受如何。

一时间我感觉非常理解和同情老朱。其实他只是希望能够一家人好好在一起，希望能够有孙儿承欢膝下，希望他们能听懂自己的语言，希望什么时候想见女儿就可以见到。想到这里我也有些哽咽。因为我自己也不知道，我们未来会在哪里生活。我在妻子的故乡生活得非常舒心，但是谁能保证我们未来不会有决定移居德国的一天呢？从物质层面上看，他们在中国的生活肯定是什么也不缺，但是如果将来他们每年只能见自己独生女儿一两次呢？

老天爷仿佛也读懂了我的心思，细密的雨珠滴滴答答打在车顶上。我在心里默默向老朱发誓："我一定会对你女儿好。我会把她视为女王，而且不管我们在哪里生活，我们的家就是你的家。哪怕要我背着你翻越喜马拉雅山到德国去也在所不辞。"

突然间我感觉他变得更加容易接近，更有亲和力了。毕竟他也祝福了我们。我有一种预感，也许在遥远的未来，我和老朱还是可以成为好朋友的。

到达民政局门口，停车场管理员给我们指定了一个足以停下四十吨重坦克的车位。由于我丈母娘最痛恨停车入库，而且这时候雨已经停了，所以我和莉萍先下了车，让她不受干扰地慢慢把车停进车位。在焦急等待了十分钟之后，仍然不见起色，我敲敲驾驶座车窗。为了维护丈母娘的面子，我什么也没有说，只是把车门打开。她面带感激之色地下车，我用了 15 秒就把车开进了那个宽敞的车位。我暗自摇头想，我丈母娘也是驾校老师啊，也得教学生停车入库的啊。可看今天这架势，如果我不出手相助，恐怕等车停好，四季都轮回一遍了。

虽然我知道昨夜的噩梦都是虚妄，民政局官员不会把我们的登记仪式推迟到 3987 年，但我还是希望能在今天就向全世界庄重宣告，我愿意和莉萍相伴一生，保护她陪伴她，无论顺境或逆境，富裕或贫穷。我们急急忙忙走进去，准时在 11 点来到写着“结婚登记”的办理窗口前。一位女公务员用麦克风指示我们去领一个排队等候的号码。我按下取号机按钮，出来的纸条上印着 188。嗯，“要发发”，这数字还不赖嘛。

等到我们的 188 号被叫到时，民政局官员先是耐心地讲解了中华人民共和国法定夫妻的权利和义务。

“请您二位考虑清楚了，”她拿起一张纸，毫无感情地念着其中的法律条文，“根据中华人民共和国宪法第 23 条，结婚登记是免费的。如果您没有什么异议，就请在这里签字吧。”

我们按指示签了字，她递给我和莉萍每人一个小红本。里面写着我们俩的个人信息，贴了一张两人合影，照片的一角盖上了民政局的红印章。

我看着莉萍。

“我爱你。”

“我也爱你。”

我们幸福地相拥，忽略了女公务员不耐烦的眼神。她按下叫号的按钮，对着麦克风喊道：“请你们让一让！下一对 189 号，189 号！”我的丈母娘早就掏出了手机，把整个过程录了下来，好让她的朋友们也能分享我们此刻的幸福。

我牵起莉萍的手，在此时已经名正言顺的丈母娘的陪同下，走出民政局大楼，迈向我们全新的婚姻生活。

我们三个在一家高级的粤菜馆享用了一顿丰盛的午饭，然后又在附近的一座公园里散了散步，这个美好的周日下午结束之后，我们才幸福而疲倦地回到家里。

我曾经在最绝望的时候策划过一个复仇计划，就是领完结婚证的当天晚上，我去敲老朱的房门，请求他一起帮我把枕头和被子从客房搬到他女儿的房间里，确切地说那现在已经是我们俩的房间了。但现在我已经决定放弃实施了。我只是把红色的结婚证放在餐桌的醒目位置，然后就和自己的新婚妻子回房间了。等老朱晚上回到家的时候，一定能看到客房的门是开着的，而餐厅里的结婚证上印着我们幸福的笑脸。从我和老朱相识至今，我感觉自己一直以来的殚精竭虑总算在今天得到了一些补偿。

……

一夜基本无眠的我在第二天早晨被冻醒了。上海的冬天阴冷而毫不留情。海上吹过来的潮湿空气，再加上上海的高层住宅没有暖气，那寒意更令人感觉深入骨髓。不过幸好我能感觉到莉萍身上的体温。她的呼吸均匀而平稳。我把厚厚的棉被拉起来盖在她裸露的肩头上，充满爱意地凝视着她。这张面容我真的是百看不厌，现在谁也不能把我们俩分开。

我从旁边的床头柜上拿起手机，打开朋友圈。至少我和老朱还是微信好友。

令我吃惊的是，好久不发朋友圈的老丈人终于又更新了。我打开他的相册，看到两张昏暗而模糊的照片。我点开第一张照片的大图，看到自己和妻子的笑脸。第二张是结婚证的封面，红金色的中国国徽下面，印着三个字"结婚证"。

他看到了。图片说明上写着简短几个字：新的篇章。我早就知道老朱不擅长吟诗作文，但看到他几乎是自豪地向好友宣布我们的婚讯，在这一刻也着实令我感到动容。我满怀激动地推醒莉萍，给她看我的手机。她睡眼惺忪地抬起头，看到了父亲发的朋友圈。她用幸福的眼神看着我。

“我就跟你说吧，一切都会好起来的。”

说完她把手机还给我，轻轻吻了一下我的脸，然后就重新钻进暖暖的被窝。

……

我们又去拜访了老张。喝完了茶，再一次上演了红包推过来塞回去的戏码之后，我们把“真正的”婚礼日期定在第二年的 5 月 10 日。

和之前一味逃避的态度截然相反，我的老丈人现在只要一听到“婚礼”二字，立刻就积极投入到筹备工作的讨论中。

“我感觉你爸爸好像比我们还更激动。”我把手里的书本放下，望着莉萍说道。她正挨着我坐在床上，对我们举办婚宴的所有候选酒店进行一一比较。

“哎，由他去吧。最起码他现在愿意和你说话了。”其实他本来也没有那么可怕。在我们登记结婚之后，这只老虎突然跳上了我们的船，并且直接夺取了掌舵权。可惜当我们意识到这一点时已经太晚了。其实在那天晚饭桌上，他说起自己对于婚礼盛况的设想时，我们就应该有所察觉的。他说，这场婚礼应该照着全上海婚庆策划的最高水准来办，这对于他来说十分重要。

“你们可别让我丢脸。所有的亲朋好友都会参加，我们必须选在全城最高档最大的酒店。你们不用操心，交给我来办就行。”

我们立刻努力说服他打消这个念头，因为他的组织能力也就和我差不多一样的水平。如果他来操办婚礼，可能会因为搞错日期或者地点而导致全体宾客无处可去。中国有句老话说得好：一山不容二虎。我们必须把这只老虎从这座名为“筹办婚礼”的山头上赶下去。

我和莉萍考察了上海城内和市郊不计其数的饭店和宴会大厅，累到头昏脑胀。最后我们选定了上海历史最悠久的酒店之一：永安大饭店。这家酒店建成于19世纪当时的上海法租界，是文物保护单位，内部装饰高贵典雅，菜色则以上海本帮菜为主。那里的宴会大厅能够容纳150名宾客，对于我们来说是举办一场中德婚礼的理想场所。我们两个大概会邀请一共70名亲友，而另外那80个席位就留给莉萍的父母去安排。

一天晚上，我们吃着喷香的米饭还有菠菜和煎鲈鱼，不知不觉就谈到了客人名单上。我已经基本吃饱了，莉萍妈妈给我盛来一碗西红柿鸡蛋汤。和德国人餐前喝汤不一样，不少中国人习惯于饭后喝汤。

“爸爸，我们已经预订好酒店了。”我满面春风地对老丈人说。毕竟他才是最终要为酒席买单的人。

“预订什么酒店？我已经定好了一家。”

很显然我们在平行地进行着婚礼策划工作。

“你为什么要订酒店啊，爸爸？不是说好了我们来安排的吗!”莉萍显然是生气了。

“是这样没错，”老朱突然有些底气不足，“上海希尔顿酒店的老板是我朋友。我正好还欠他一个人情，所以就在他那儿订了。这样等于还了他的人情，我们也就两清了。”

人情，这又是一个中国人际关系中的特色元素，红包也是如此。现在我老丈人竟然真的定下了上海最大的宴会厅，目的就是为了还朋友一个人情。

“爸爸，那里也太大了！那儿至少能坐500个人。”

“这你就放心吧，宝贝闺女。我肯定让它坐满。我给你看啊!”老朱这时候又扬眉吐气起来，他胸有成竹地放下筷子，走到书桌跟前拉开抽屉，拿出几张写得密密麻麻的纸，自豪地甩动了几下。

“我帮你们都弄好了，你们什么都不用操心了。我已经向所有的客人都发出了邀请。要是你们发现漏了什么人就跟我说，我至少还能加进去十个人。”

我拿过这份名单一看，老朱工整仔细地手写了500个名字，在每个名字旁边还标注了这个人和他的关系。我在其中看到了几个熟悉的亲友的名字，比如那天在地下车库遇到的老高，我老丈人那位戴着墨镜挺着大肚腩的朋友。但也有几个名字的关系备注让我感到匪夷所思，比如他邀请了我们小区保安的全家，还有经常给他理发的剃头师傅及其哥哥嫂子（从美国回来的）。我不得不承认，他尽力了。

莉萍看都没看名单一眼，她已经忍无可忍了。她啪的一声把筷子拍在饭桌上，用力之猛导致我们的饭碗和瓷勺都跟着颤动了一下。

“我再说一遍，我们不能不惜一切代价去填满宴席，爸爸。我们办婚礼是为了和最好的朋友和最近的亲戚共同庆祝。我们已经选定了永安大饭店，就是这家了。我们给你和你的哥们儿留了 80 个座位，多一个也没有。你要是不同意的话，我们就自己出钱办婚礼！”

她这一番怒吼威力无穷，可能来自虎爸的真传吧。老朱灰头土脸地败下阵来，小心翼翼地把名单拿起来，悄悄地迈着小步去了阳台，一边抽烟一边舔舐自己的伤口。显然他没料到自己的女儿会发这么大脾气。

莉萍把厚重的实木餐椅使劲一推，起身离开。她已经没有胃口吃饭了。我则被这架势逗得忍俊不禁。我的丈母娘应该和我的感受差不多吧。我们两个沉默地坐在桌前，小口喝着汤，同时偷笑着观察老朱在阳台上拿出手机，取消已经发出去的 400 份邀请。我很好奇他这次要怎么做才能保住颜面。

“我是个好面子的人。”他在我们刚刚认识的时候就发出过这样的宣言。他十分注重排场，也就导致他会花很多钱在一些完全没有必要的东西上。但是只要让朋友看到他又换了一辆新车，或者是买了最新款的手机，他就感觉心情舒畅。即使生意不顺利，他哪怕借钱也要添置这些东西。对于他来说，最大的灾难就是无法兑现自己夸下的海口。今天就是如此。我很想知道，他会怎么来收拾这个残局。

“喂，侬好啊，小郭。”

虽然他打电话的声音很小，但是由于莉萍一个人在房间里生闷气，我和丈母娘仍然安静地坐在桌前，所以我们能清楚地听到他说的每一句话。

“不是，我不是想要剪头发。是这样的，”他轻咳了一声，“就是我女儿的婚礼啊，那个希尔顿酒店被水淹了，现在我们定在另一家酒店办喜宴了。”理发师在电话那头说了一句什么，听不太清楚。老朱接着道：“啊是啊。但是现在我就不好意思请你们去那里喝喜酒了，那个饭店连个五星级都不是。”他刻意地省略了永安大饭店的名字。“尤其你哥哥又是从美国过来，那就更不合适了。你又跟他讲了那么多我的事情。”我特别好奇这位理发师傅究竟给自己的哥哥讲述了我老丈人的什么传奇故事。也许是说老朱是明朝皇族的后裔？或者是他的驾校是全国模范企业？即使这么说也不算特别离谱。

“要不然这样吧。在黄浦江边上有一家新开的米其林餐厅，他们的牛蛙做得特别好。等婚礼结束之后，我请你和你哥哥一家人去那里吃饭。”

哇，为了维护面子，需要付出这么高的代价啊。被撤回请柬的400个人，如果我老丈人要请他们每个人都去江景餐厅吃一顿牛蛙，这得花多少钱呢。不过我知道，只要能保住颜面，他不会在乎花多少钱的。

“那太好了，就这么说定了。”

挂上电话，他叹了口气，把名单上的第一个名字划掉。

东方不亮西方亮

Wenn es im Osten nicht hell ist, dann eben im Westen

老张帮我们算好了婚礼的吉日之后，我第一时间给我的父母订好了从德国飞上海的机票。他们非常激动，因为这是他们生平第一次中国之旅。而让我特别期待的是，他们终于可以见到莉萍和我的岳父母了。虽然他们已经通过多次的视频聊天认识了莉萍，但是我希望他们亲眼见到莉萍，这样他们就能明白为什么这个女孩这么值得我去爱。我要让他们看到，我们要结婚，是因为莉萍是我今生挚爱，而不是像我妈妈一直揣测的奉子成婚。

不过我心里其实也十分忐忑。我的父母虽然也去过不少国家，但是中国毕竟和他们度假常去的西班牙或者土耳其不一样。上海是一座繁华大都市，这里到处都是人。而我的父母一辈子都生活在德国乡村，在那里一整天里头能见到一个邻居就算不错了。我给他们订机票的时候已经考虑到这一点，让他们在抵达上海之后有三天的时间先缓一缓，然后再参加婚礼。这样他们的精神和肠胃都能有足够的时间来适应这里截然不同的环境。

这一天终于到了。他们乘坐的飞机明天一早就会降落在浦东国际机场。我和莉萍问老朱，可不可以借他的别克车去接机，因为他的车后备厢足够大，可以放得下行李箱。但是他坚持要和我们一起去机场。

“托马斯，这毕竟是你的父母啊，”他的表情里混杂着伤心和惊诧，“如果他们来到中国之后没有受到好的接待，那就太失礼了。我们毕竟是主人，必须要给客人留下好的第一印象。”

对啊！正是出于这个原因，我才希望他**不要**跟着去。当然这话我没有办法说出口。

“可是爸爸，这样对于你来说太辛苦了。他们的飞机早上八点就到了，我们天亮之前就得出发去机场。”我小声反驳道。

“没门!”他大声而坚决地说，“我要跟你们去，我来开车。要是莉萍或者妈妈开车，太不让人放心安全了。不行不行，你们需要一个有经验的司机。”

我其实也是个有经验的司机——但仅限于德国。我上个星期才刚刚通过中国的驾照考试。老朱之前明确无误地告诉我，考取中国驾照是我必须做到的。“你没有钱也没有房，这我都能接受。但是你必须得有中国驾照。要不然我怎么面对那些朋友?我是开驾校的，然后我的女婿还整天打出租车?”

所以他给我指派了他的驾校里最有经验的教练。这位教练一边指挥我在上海的车水马龙里穿梭，一边骂着：“我就想不明白，你人长这么胖，怎么胆子那么小?”好在我还是稳住情绪，最后通过了考试。

拿到中国驾照，我和老朱都很高兴。我在德国的驾照在中国不受认可。我倒是不在乎他那些朋友怎么想，我有我的想法。因为我这辈子再也不想坐进老丈人驾驶的云霄飞车了，而取得驾照是实现这一计划的步骤之一。然而这一次我恐怕是逃不掉了。

老朱把烟头在烟灰缸里摁熄，紧接着又点燃了一根新的，仿佛是要告诉我们他没有时间讨论。我决定接受他的意见，然后告诉他：“那好吧，但是我们必须要准时出发，至少提前两个小时。”

他用不解的眼神看着我，好像我刚刚说的是德语一般。

“胡说，从这儿到机场也就最多45分钟的路程。”他不耐烦地挥舞着香烟。机场位于城外50公里，开车过去只用45分钟是不可能的，这一点我很确定。其实要是按照我从自己的德国父母那里得到的传统教育，我还想提前三个小时出发呢。因为我们家兄弟姐妹六个都是满世界跑的那种，我父母就经常被征用为送机和接机的司机。通常情况下，他们都会提前好几个小时出发，理由是“星期X（这里任意写星期几都一样）高速公路上最容易堵车”。你下了飞机见到他们，问是不是已经在机场等了很久，他们总是闪烁其词道：“没有等多久啊。我们也就是刚刚到。幸好没有来迟哈。”但是直到你去交停车费的时候，看到那令人咋舌的数字，你才知道他们其实已经在机场等了两个半小时。因为他们认为机场的餐饮价格虚高，所以每次他们都会自带干粮。只要想象着老两口在机场的到达大厅里铺上野餐垫，小口喝着保温壶里的咖啡，吃着黑面包配白煮蛋的画面都会让我忍俊不禁。要是他们哪天连毛毯和罐头都带到机场，预备在那里过冬，我也不会感到吃惊的。

因为我了解老丈人的脾性，所以才把提前出发的时间减少到两个小时。经过一番讨价还价之后，我们最终就出发时间达成了一致：比航班到达时间提前一个半小时。

出乎我意料的是，第二天早晨六点半，我们所有人包括老朱在内，都已经坐在了汽车里。我心里升起了希望。如果路上顺利，堵车不太严重的话，我们应该可以在八点钟之前到达机场，热烈欢迎我父母来到中国。我的丈母娘自然又是进行了一番精心打扮。她为此又去定做了一身旗袍。这似乎已经成为她的一个惯例。就好像参加足球世界杯的球员，每场比赛都会得到一件全新的特制球衣，而我丈母娘则是每到重要场合就需要一条新裙子。如果她像那些球员一样，把每件新衣亮相的时间和场合都绣上去，我也不会觉得奇怪。为了搭配今天这件绿色旗袍，她穿了一双简洁大方但是后跟很高的黑色皮鞋。

在这方面莉萍和她妈妈截然不同。她最喜欢穿牛仔裤和毛衣。今天也不例外。我能真切地感受到她的紧张。她微微咬着下唇，不断地用手拨弄自己额前的短发。毕竟这是她第一次见到自己的公婆。

我们的车开到小区大门口，在栏杆处停下。

“不会吧，那是黄师傅，我好久都没见到他了！”我老丈人把变速杆挂到停车挡，发动机也没关就跳下车去。他跑到传达室，和自己的老朋友黄师傅寒暄起来。这时候我的希望火苗又熄灭了。由于驾驶座的车门开着，我们能听到他和老黄的对话。

“哎，老朱，你一大早要去哪里呀?”

“黄师傅，我要去机场。我亲家今天从德国飞到上海，我女儿和女婿三天后结婚。”

“祝贺你啊，老兄。来，这是我的一点心意。咱们一块儿抽根烟吧。”

“不不，你一定要尝尝我的烟。我跟你说啊这是新口味的，特别的棒。”

接下来两人就该抽谁的烟展开了讨论。最终他们决定各自抽对方的烟，这时候我看看表，还有 75 分钟。现在出发，即使路上不堵车，我们也要以平均超出道路规定最高时速 10 公里的速度，才有可能准时到达。况且我们现在连小区门都还没出，还没正式上路呢。幸好后面排了五辆车，都因为我们的车堵住了出口而不耐烦地按起喇叭来，老朱也听到了，这才跟黄师傅道别。

“不好意思啊，这次没有请你们喝喜酒。你知道的，现在这些年轻人。他们只想办个小规模的婚礼。我们过几天一起去钓鱼啊!”

他把烟头扔在地上用脚踩灭，在越来越响的喇叭声中上了车。

“好了，我们出发吧。不能让你父母等我们是吧，嗯?”他从后视镜里冲我笑笑，踩下了油门，往机场高速上驶去。

不出我所料，机场高速上车流前进得十分缓慢。时间一分一秒地过去，我们的车仍然在高速路上艰难移动。现在距离飞机降落只有30分钟了，按照我原本的计划，我们这个时候应该早就到机场了。

“下次我们就开两辆车。我们提前三个小时出发，然后你父母就等到最后半个小时再走。”我用德语跟莉萍说道，为的是不影响我老丈人的好心情。他正开心地咬着一根作为香烟替代品的牙签，跟着广播里的音乐哼唱起来。歌曲唱的好像是湖里的一条鱼，但是我完全没有心情去关心那条鱼的命运，我正在紧张地计算着时间。还有10公里的路程，如果我父母下飞机之后过海关和取行李需要的时间长一点，也许我们还能勉强赶上。

“我得去加油。”这时老朱气定神闲地把牙签从嘴里拿出来，指着汽车仪表盘说。加油提示的确亮起了红灯。虽然两公里外就有一座加油站，但是我仍然需要努力克制自己，不要在这时候让我在中国的第一次怒火爆发。我希望我的父母能够像我一样爱上这个国家，我也希望让他们的中国之旅一切圆满，这对于我来说非常重要。他们俩既不会中文也不会英语，如果来到中国的第一天就得在机场等我等上一个小时的话，那简直是灾难。为什么我的老丈人不能提前做好准备呢？

如我所说，如果是我的德国父母，一定会预备周全。每次出门需要开超过10公里的路程时，一定会提前给汽车加满油，再带上一罐备用汽油。“未雨绸缪嘛。”我虽然不能要求老丈人也像他们一样，但是至少也应该有一点前瞻性吧。幸好现在附近就有加油站，不然我们可能会抛锚在高速公路上，然后花几个小时等拖车来拖走我们的车。

进入加油站，前方一辆油罐车显然正在给加油站输汩，车体横着挡住了出口。我的老丈人拔下加油枪，开始给车加油。这时候我看到油罐车司机把一条几米长的卸油管一头接在油罐车上，另一头接到地埋储罐的输油口。完成一系列操作之后，他蹲坐下来，靠着油罐车巨大的轮胎休息起来。等我们的车加满油，老丈人付过钱之后，那司机已经开始打盹了。他把自己脏兮兮的蓝色帽子拉下来盖住脸，沐浴着五月的阳光昏昏睡去。这时候汽油还在通过黄色的卸油管汩汩流动。

“这下怎么办?”我看了看手机。通过一个智能 AFP，我查到我父母乘坐的飞机已经进入降落模式，还有三分钟就会到达浦东机场。

“放心好了，我来处理。”我老丈人拍着胸脯道。他下了车，慢慢走近那个打盹的油罐车司机，推了推他。

“师傅，还要多长时间?”

那司机把帽子抬起来，在明亮的阳光下眯缝着眼看看我老丈人，又看看自己黝黑的手腕上那块锈迹斑斑的手表。

“差不多十五分钟吧，如果快的话只要十分钟。”

“太好了!”老朱说道——令我意外的是他的语气里完全没

有嘲讽的意味，“这样我们还有时间抽根烟。”他从夹克口袋里掏出一盒小熊猫香烟，递给司机一支，后者欣喜地接受了。虽然身旁就是正在输油的管道，可是两个人毫无顾忌地抽着烟，似乎还聊得挺起劲。整个输油的过程又持续了差不多二十分钟，所以两个新朋友又各自再抽了两根烟。而我则至少三次差点被吓出心脏病来。每次他们把还冒着火星的烟头毫不在意地扔在地上踩灭时，我都无法直视。

感觉一个世纪过去了，我们终于又上了去往机场的路。能够从这次的加油经历中安全幸存下来，我觉得已经基本上算是个奇迹了。

手机里的 APP 告诉我，我父母的飞机早已经降落。我气恼不已，莉萍则十分紧张。毕竟她也想向公婆证明，自己是一个具备各种德国式美德的好儿媳。莉萍妈妈还在努力稳住情绪。老朱则对于两位女性的埋怨数落感到有些委屈。

“那他把我们的路挡了，我也没办法啊！要是我们把喜宴定在一家更大的酒店，我还可以请他去喝喜酒，这样他肯定马上就把路给让开了。”

莉萍没有理会最后一句辩解，从后座怒视着他。

“你没有办法，那你为什么昨天不去加油，非得等到今天？”她质问道。

“对，而且为什么不能提前三个小时出发，只能提前一个半小时呢?”我在心里默默追加了一句，但还是没敢说出声来。如果因为争吵影响到我老丈人的开车速度，我可承担不了这个责任。仪表盘上指示灯显示油箱已满，老朱看了看旁边的时间显示器，自己也有点慌神了。似乎要弥补一些什么，他这时加足了马力，以最快速度开到机场，并且很快找到一个合适的车位停了进去。这是我第一次庆幸开车的人是他，而不是丈母娘。

现在我只能寄希望于我的父母要多花一些时间等待托运行李。这样也许我们还能赶在他们出来之前到达接机大厅。

机场里人山人海。我的耳朵里满是噪音，我感觉我已经不是我，而是挂在天花板上的一个监控摄像头，从俯瞰的角度以慢镜头观察着一切，包括我自己：一个矮胖的德国小伙子，满头大汗，面庞赤红，气喘吁吁地穿梭在接机大厅里，身旁跟着一个快要哭出来的中国姑娘，手提包随着跑动晃来晃去。后面不远处跟着我的丈母娘，踩着高跟鞋，裹着上海式旗袍。她显然很努力地想要找到一个合适的行进速度，既要维持自己的妆容不花、卷发不乱，同时又能走得足够快而不掉队。毕竟是德国的亲家来了，第一印象很重要。走在最后的是我老丈人，他在努力让自己看起来悠闲一点，因为如果急匆匆地跟着跑就等于承认自己的错误，那是很丢面子的事情。尽管如此，从我想象中的摄像头视角来看，他还是略微有些尴尬，也会在没人注意的时候小跑几步。我们穿过仿佛没有尽头的走廊，终于到了第 37 号出口，却发现那里空空荡荡的。只有两个德国游客，坐在两个大箱子上伸长了脖子四处张望。他们头顶上是一个红色的大标语牌："欢迎来中国"。

等我跑到父母面前时，已经快要缺氧晕过去，我站定下来喘口气。

我的妈妈一跃而起，我张开双臂。毕竟她也很久没有见到自己的小儿子了，现在是时候好好拥抱一下了。她朝着我的方向跑过来——然后直接从我的身边越过。她手里拿着一小束鲜花。经过长途旅行，花朵有一点点打蔫，花瓣也掉了一些。令我好奇的是，她是怎么在海关和安检人员的眼皮底下把这束鲜花带进来的。不过作为六个孩子的母亲，她是一位真正的临时创意和生存技能大师。

"莉萍，见到你真好！"我的妈妈热情地拥抱住儿媳，"欢迎你加入我们的家庭！"我站在旁边，充满感动地看着这个场景。对于我妈妈来说，这已经是她能够表达出来的最美好词句了。

在拥抱完莉萍之后，她也转过来抱抱我。

她惊奇地看着我额头上的汗珠："你不是说这里的天气还没有很热吗？怎么你们每个人都满头大汗呢？"这我该从何说起呢，还是先不解释了吧。

……

我父母来到上海的第一个晚上，我的丈人丈母娘在城区里最高档的饭店设宴，为从德国远道而来的亲家接风洗尘。现在我们和邻居一家挤在一张圆桌前，在来饭店的路上遇到邻居时，我老丈人临时起意也邀请了他们。除此之外，莉萍的叔叔婶婶也加入了我们。

“自助餐*在哪里?”我的妈妈一边问我，一边四处寻找，“我想尝尝这里的煎土豆是不是和咱们村儿里那家中餐馆做的味道一样。”

我耐心地向她解释，在中国除了宾馆里之外，很少有自助餐供应，而且他们在中国的这一周时间里估计是吃不到在德国熟悉的那种煎土豆了。

“放心好了，我们在这儿不会饿到的，”我爸爸微微向妈妈转身说道，“在从机场出来的路上我看到了一家麦当劳。我早就说过吧，这里一定有麦当劳的。”

其实在德国的时候，我从来没见过爸爸去吃过麦当劳，但是自从他在网上看过那个中国人在麦当劳办婚礼的视频之后，就老是提起这家美式快餐店。但是今天我不会让他去想麦当劳，我要让他好好品尝中国的美食。

“我们该点些什么菜给你父母吃呢?”我丈母娘问道，手里拿着巨大的菜单，上面图文并茂地标识了所有菜品的名称和价格。

“你就看着点吧，每个人都会有爱吃的菜。”

---

* 德国的中餐馆多为自助餐。

我知道，今天晚上对于我岳父母来说最重要的就是撑住场面。所以他们点的菜多到足以喂饱一个连队。从冷菜到热菜，各种肉类蔬菜，鱼虾海鲜，应有尽有。和德国人的分餐制不同，中国人聚餐都是点很多菜，各种菜肴在玻璃转盘上转来转去，基本上只要每样菜吃几口，一圈又一圈地转下来你肯定吃饱了。而且中国人请客最好面子，所以都会点很多菜，保证大家酒足饭饱之后餐桌上还有剩余。

先上来的是凉菜，有凉拌黄瓜、糖醋排骨、酱汁蘑菇、五香熏鱼、核桃仁拌苦菊、白斩鸡、红油海蜇，还有油炸花生米等其他美味佳肴。

经过三次敬酒碰杯之后，我们终于可以开吃了。我的父母经过长途飞行之后似乎也胃口大开。只不过当海蜇转到我妈妈面前时，她装作不经意地推了一下转盘，让这道菜离她越远越好。

在德国，我们家有一个固定的晚饭模式。说是模式都有点言过其实，因为在我父母那里，吃饭的主要目的就是填饱肚子。每天傍晚六点准时开饭，每人吃个一两片面包，就着一杯茶下肚，六点十五分的时候，不仅晚饭结束，而且连桌子都已经收拾干净了。

很显然我父母还没来得及调整自己的吃饭速度。当我的中国家人还在对每一道凉菜浅尝辄止，以留着肚子吃后面的热菜时，我爸爸已经把他从专门德国带过来的刀叉横着放在了菜碟上。他这辈子也不想和筷子打交道。

“嗯，我吃饱了。中国菜味道还真不赖嘛。”他满意地说，看着自己碟子堆成小山状的骨头。糖醋排骨和白斩鸡特别对他的胃口，而当中国东道主看到他喜欢吃，赶紧把盘子里的菜直接夹到他面前的碟子里，为此他十分感谢。

“就是有一点很奇怪，”我爸爸深思着说道，“为什么所有的菜都是凉的?”

“至少水是热的。”我妈妈插了一句，端起面前的玻璃杯，喝了一小口热水。

“你已经吃饱了?”我急得挠头，“爸爸，我们还没正式开始呢!”

“可是我们已经在这里坐了至少半个小时。谁吃晚饭需要这么长时间?”

我意识到有些东西虽然对于我来说已经习以为常，但是还需要对他们解释一下。我告诉他们，在中国如果是请客吃饭的话，通常一顿饭要花上两三个小时。吃饱肚子只是次要目的，最重要的是聊聊家长里短，抱怨一下自己的孩子有多懒多不争气，再感慨一下上海的房价现在已经高到什么程度了。在此期间，一道道的珍馐佳肴摆满餐桌，随着玻璃转盘一遍遍地转着圈。白酒也是一杯接一杯地斟满，就是我第一次到莉萍家吃饭时她大姨妈倒给我的那种。在座的客人如果不喝酒，通常都是喝绿茶，而小孩则是喝椰奶之类的饮料。男士们还会在席间互换香烟，并且每隔半个小时到外面走廊上抽一根烟。

说话之间，在我父母惊诧的注目之下，热菜上来了。

“他们还是有热菜的啊。”我爸爸深感意外地脱口而出。那当然了。服务员陆续端上来烤羊排、清蒸鱼、奶油焗澳洲龙虾、茶树菇炒牛柳、白灼西蓝花等数不胜数的各色佳肴。然后还有一大盘肉末蛋炒饭，仿佛生怕有人还吃不饱一样。最后还有番茄土豆猪骨汤，以及作为甜品的榴莲酥和酒酿圆子。

我的父母目瞪口呆地看着中国东道主和亲友们是如何在几个小时里不间断地用筷子和勺子去夹取转盘上的各色菜肴，送进嘴里。

我妈妈悄悄问我：“为什么他们吃那么多，还都那么苗条？尤其是莉萍的妈妈。”我低声回答道：“咱们不用这么小声说话，反正他们也不懂德语。”我接着又笑着补充道：“你刚才说的最后一句话，我一定得翻译给我丈母娘听，她一定特别高兴。”

在我把我妈妈的赞赏之词又额外添加了一些修饰辞藻，翻译成中文告诉丈母娘之后，在座的所有人都兴奋地高呼起来，而莉萍妈妈则谦虚地摆摆手。

“哎呀，你们别这样！不过既然说到这儿，我想起来今天我称了体重，发现自己瘦了一公斤！可是我多能吃啊，整天就像饿狼似的。”仿佛要证明这一点，她挖了一大勺炒米饭送进嘴里，感觉胃口大开的样子。等嚼完这一大口米饭之后，她情不自禁地又讲起另一个故事来。

“你们能想象吗，上次我和莉萍一起去理发店，那理发师竟然问，我是不是莉萍的姐姐。哎呀真是胡说。”说起这个话题她是越来越自信，“然后我告诉他，我今年就满五十岁了，他差点没一刀把我的头发给剪歪了。他实在是不相信。”

莉萍翻了翻眼皮，我能想象她之所以沉默是为了维护妈妈的颜面。其他的客人也纷纷点头，深以为然。只有我老丈人不耐烦地瞪着她。

“那还不是因为你每个月花那么多钱去买化妆品。我开驾校挣钱的速度，都赶不上你乱买东西花钱的速度。”

我的丈母娘理了理头发说：“那别人说起老朱有个漂亮老婆的时候，你还不是得意得很。你就承认了吧。”

尽管我的父母已经吃饱，而且也听不懂这一番对话，但是他们并不感到无聊。

“敬我们今晚最重要的客人！”老朱举杯。听了我的翻译之后，我父母也马上举杯，紧接着是在座的其他亲友客人。

“祝你们俩白头偕老，百年好合！”

“也祝你们永远像年轻的骆驼一样健壮。”说这话的是莉萍的叔叔，他常年定居在西部沙漠地区，这次回上海是休探亲假。

一时间觥筹交错，大家祝愿我的父母身体健康、幸福快乐，我也基本上放弃了把那些像诗句一样的祝酒词一一翻译出来，就让我的父母好好体验一下中国的习俗吧。

我又向他们解释道，中国人在碰杯的时候，特别注重将酒杯的杯沿压低，以象征性地表示尊重对方。随着清脆的碰杯声，一杯杯白酒和绿茶喝下肚。

“为什么他们总是不断地和我们碰杯呢？我们根本也不喝酒啊。”

“那是为了向你们表示尊重。所以他们也要躬身弯腰，而且把酒杯放低。”

我的父母渐渐领悟了这套游戏规则，并且乐在其中。他们也试着在碰杯时压低酒杯，而东道主显然对此是大为欣喜。

当桌上的菜盘快要见底的时候，服务员又端上来一道菜。我知道，老朱经常会在一顿大餐的最后安排一道特别的菜式。和其他菜肴不同的是，今天这道压轴好菜不是一整盘，而是每人一份。因为我父母是主宾，所以服务员最先端到了他们面前。

我一眼就认出来了，那是海参。这种深海动物在德国鲜为人知，人们也不会在餐桌上见到它们。而现在，新鲜烹制好的海参就静静躺在瓷盘中，等着我们去品尝。

“请尝一尝吧。”老朱热情地招呼我的父母，他们也有些紧张地点头致意。

“这到底是个什么玩意儿?”我的妈妈一边看着面前的海参一边问我。在德语里海参叫 Seegurke，直译过来就是“海黄瓜”，名字听起来好像是一种蔬菜，但其实主要是因为它形似黄瓜，尽管海参的颜色并不是绿的，而是漆黑发亮。今天这道海参躺在黄色的浓稠汤汁里，瓷盘边上还摆了一些雕花的黄瓜和胡萝卜作为装饰。

“这个啊，就是一种蔬菜。很好吃的，而且特别健康。”我情急之下扯了个谎。尤其说它好吃，绝对是假话。我之前也有幸品尝过几次这道珍馐佳肴，味道是平淡无奇的。但是对于德国人来说最无法接受的还是它的口感，因为海参吃到嘴里有些黏黏滑滑的，所以我认为把它囫囵咽下去才是正道。

更何况我父母的饮食结构里根本就没有海鲜这个范畴，他们吃过的鱼也仅限于德国最常见的那种炸鱼排。

“这看起来可不像是蔬菜啊。”我的妈妈又开始心虚地小声说话。我抬头看了一圈，八双眼睛都在看着我的父母。因为按照规矩，必须要等贵客品尝过之后，酒席上的其他人才可以动筷。

看这个架势我是没有办法顾及我父母的饮食习惯了。我用询问的眼神望向莉萍，她也在仔细观察着我的父母。不过她的德语还没有好到足以掌控眼下的局面。

“我要怎么跟他们说?”我用中文问莉萍。

“要不然就实话实说吧?”

“那可不行!”

我清了清嗓子，转过身面对父母。

“这的确是一种蔬菜，真的。是在四川山区里种植的，”我编了个笨拙的谎言，“所以说它特别贵，我老丈人肯定花了大价钱的，这一份怎么也得折合 80 欧元吧。”

话已至此，如果我的父母不吃，不仅仅浪费了金钱，还会驳了我老丈人的面子，也会令我难堪。

“哦，那我们就尝尝吧。”他们半信半疑地用刀叉从海参的头部切了一小块。在切的时候他们应该就已经能够看出，这绝对不是什么蔬菜。但是他们明白，他们不能拒绝亲家的一番美意。我的妈妈慢慢插起来那小小的一块，放进嘴里。

“别闻，也别嚼。直接咽下去。”我在她耳边低语道。她听话地照做了，我父亲也是如此。从我这个角度来看，那块海参应该根本没有沾到他们的味蕾，就直接沿着食道下肚了。最好如此，我可没有兴趣看到自己的父母在来到中国的第一顿晚宴上，就当着亲家的面呕吐出来。

“海参对于男性健康特别有益，”我丈母娘热情地解释道，“而且味道也挺好的，对吧?”她带着询问的神情望着我父母。我把这话翻译给父母听，他们当然不希望扫亲家的兴，略有些勉强地朝着我丈母娘点点头。

现在主宾都已经品尝过了，餐桌前的其他人也都开始享用面前的美味。所有人都对我老丈人赞不绝口，说今天的海参特别好，老朱听着自然特别受用。

“你们可以吃一点配菜，但是要慢。”在座的中国人很快都把自己面前的那份海参吃完了，我的父母还在慢慢啃着真正的黄瓜，还有装饰用的胡萝卜。这样至少可以装一装样子。等几位男士一走出门外去吸烟，我立刻给服务员使了个眼色。这时丈母娘正在对着化妆镜检查自己的妆容，而另外几位女性都在低头看手机。

“我们三个人的海参都吃好了，请您把盘子收走吧。”我对着服务员低声说。我能从表情上读懂他的内心活动：这也太浪费了吧！服务员几乎是同情地看着三盘几乎未动的高级海参。但是他并不想对我们这些铺张浪费的老外做出任何评判，只是尽职尽责地收走了盘子。

几位男士过足了烟瘾回到餐桌前，这顿晚餐也接近尾声了。所有的客人都对我老丈人表示这顿大餐太过丰盛和美味，大家都酒足饭饱，心满意足。老朱突然转向我，似乎有些不悦地说：

“你父母几乎就没怎么吃啊。是不是没有他们喜欢吃的东西?”

我安慰他道，不是他们不喜欢吃，而是他们在凉菜上来的时候就已经吃饱了，下次他们就能适应中国的用餐进度了。

“至少海参他们都很喜欢吃啊。你看，都已经吃光了!”他看到我父母面前空空如也，终于满意地点了点头。

我们开始把剩菜打包。近来所有餐馆都挂上了上海市政府的标语：“做文明市民，杜绝食物浪费”。至少我的丈人丈母娘是认真响应了这一号召。他们把剩下的菜用塑料饭盒装好，第二天的早饭就有着落了。

回到家之后，我的丈人丈母娘向我们道了晚安之后就回卧室休息了。他们也知道，我和久别的父母有很多话要说，反正他们也不懂德语。这是我和莉萍第一次安静地坐下来，和我的父母聊天。我注意到，整个晚上他们俩都在忍不住偷偷地观察莉萍。这就是她啊，他们的中国儿媳。

“莉萍，你的德语现在学得怎么样了?”

“我现在可以区分‘睡觉’和‘说话’了。”

我的父母开怀大笑，我满心自豪地看着自己的妻子。当初我还不敢把莉萍介绍给他们，现在想想真不知有什么可害怕的。我幸福地从侧面观察着他们的对话。

“你们打算要几个孩子?不会只要一个吧?”生过六个孩子的妈妈问道。

“那不会，国内的计划生育不针对我们这个情况，不过六个孩子好像稍微有点多啊。”

莉萍笑着回答我父母一个接一个的问题，她是那样轻松自如，仿佛已经和他们相识多年。

“……托马斯告诉我，妈妈还担心他在中国吃不饱，”莉萍摸摸我的肚子，“可是妈妈你看，你根本不用担心嘛。”

她和我父母愉快地交谈着，用她那虽然不完美但却很自信的德语，向他们讲述着我们的生活趣事。因为他们似乎已经不太需要我了，我的眼皮开始越来越沉重。

在所有的好奇心终于得到了满足之后，我父母终于起身去休息了。他们住在我之前住了几个月的客房里。我和莉萍精疲力竭地瘫倒在沙发上。

“我觉得他们挺喜欢这里的。”莉萍说。然而这一天充当司机、翻译和导游的多重任务已经耗尽了我的体力，所以我的头还没靠到她肩膀上就沉沉睡去。

第二天早上，我和莉萍早早起床，因为要和婚礼策划师见面。前一天我们已经花大价钱给我父母买好了新鲜出炉的面包，还有进口黄油和牛奶。我把早饭摆上桌，有些焦急地看看表。还有十五分钟我们就该出门了，要跟婚庆公司的人一起把两天之后婚礼上各种复杂的流程整个过一遍。所以我的父母得单独和他们的亲家相处大半天，直到晚饭时间。本来我还希望跟他们讲一讲中国的风俗礼仪，有哪些注意事项和禁忌什么的，但是他们睡得十分香甜。现在是德国时间的下午两点，可能他们昨晚很晚才睡着，所以现在根本起不来。他们的生物钟已经被打乱。我虽然很好奇，他们在像石板一样硬，但是在我丈母娘看来却十分健康的木板床上怎么还能睡得这么沉，但实在也是不忍心叫醒他们。即使我不在，他们应该也不会有什么问题吧。

我给自己拿了一个新鲜面包，边吃边匆忙地在一张纸上以中文和德文对照的方式写下几个常用短语。

我吃饱了。这很重要，因为丈母娘大人最担心的事情，就是我的父母在中国吃不饱。

我不太舒服。万一我丈母娘端上来什么奇异的菜肴，他们恐怕会需要这句婉拒的托词。

最后我又把**这很有趣**的德语写了上去，因为我父母很容易对各种事物感到兴奋，所以他们会经常需要表达这个意思。我想了一招，可以有效地拉近这两对截然不同的夫妇之间的距离：在这句话的对应中文那一栏，我写的是**你真漂亮**。这样一天下来，我的丈母娘就会被赞美无数次，肯定会乐开了花。

我把字条放在桌子上，就和莉萍出发去婚庆公司了。我们决定在中国的婚礼就按照传统中式风格来办，回到德国之后，再办一场穿白色婚纱的西式婚礼。我至今参加过的几场上海婚礼，大多是传统中国元素和西方元素的混合。对于我来说这有些不伦不类，因为白色婚纱和舞龙舞狮根本就不搭。至于婚庆公司会根据我们“真正中式婚礼”的要求拿出什么样的方案，我还不太清楚。

“我们先试服装吧。新郎有三套造型，新娘有五套。”这我的确在朋友的婚礼上见识过，一对新人会在大喜日子里换好几次服装，包括在喜酒宴席期间。这样做的好处是，万一有一套礼服不是很适合新娘，至少还有很多其他造型的照片作为留念。

如果只需要换三套不同的西装，那我是无所谓的。但是当我看到第一套行头的时候，我就有点后悔选择传统中式婚礼了。

我们的婚礼策划师是个不到一米五的小个子，只见她费力地把这套服装举高了给我看。这是一件红色的丝缎彩绣长袍，龙纹织花遍布全身，及膝的下摆上镶着蓝金包边。袖子宽大到足以在里面藏上两只小象，长袍外面再系上一条绣满猛虎图案的宽腰带。嗯，也不赖嘛，这样我就被老虎包围了。最后再在头上戴一顶足以压得我抬不起头的帽冠。那上面装饰着银色珠子，还有一个特别像双翅螺旋桨的东西。在试穿的时候我忍不住地笑，因为我觉得这套造型其实还挺适合我的。最起码要比死板的黑西装鲜艳活泼多了。年轻的婚庆策划师看看我，在记事板的表格上满意地打了一个勾。

“原本新郎是应该骑着马入场的。”

我以为自己听错了。

“什么？”

“啊，通常情况下，你应该骑着马来迎亲，再用花轿把新娘接走的。但是我们出于动物保护的考虑，对骑马的人有一定要求，我并不想说不礼貌的话，但是……”她上下打量我一番，“你这个身材，呃，对于马来说有点太——高，对，太高了。”我非常感谢她委婉的用词，她则果断地把表格上写着“骑马”的那一栏用笔划去。

反正我也想不明白，即使让我骑马，那马怎么能进得了我们办喜酒的饭店三楼宴会厅呢？饭店的电梯很小，至于马会不会走楼梯，这个问题我还没有研究过。我在心里默默盘算着，等回去我要带着这个问题去找我爸爸。他自从退休之后就很喜欢在视频网站上看关于这方面的视频，他一定会知道答案。

经历了一整天的试装、练习台词，又学习了很多历史悠久的中国传统婚俗之后，伴着暮色我们回到了家。因为在婚庆公司那里没有得到片刻清闲，所以我也没有时间去担心家里的那四位德中亲家相处如何。

当我们打开家门时，吃惊地看到了一片祥和景象。我们那四位正值盛年的父母围坐在电视机前，聚精会神地盯着屏幕，看起来非常开心。我走进客厅，看到电视上有一只蓝灰色的猫在戏剧化的交响乐伴奏下追着一只棕色的老鼠。我揉了揉眼，对，我没看错。我那来自玛丽海德的德国父母，正坐在上海一栋高层住宅十五楼的房间里，和他们的中国亲家一起看《猫和老鼠》。因为动画片里的猫和老鼠都不说话，所以也不会有任何的语言障碍。

“看样子，你们相处得很好嘛!”我坐到妈妈身边，她正在享受地喝着一杯热水。显然她已经适应了白开水的味道。

“是啊，我们挺开心的，”她兴致勃勃地说，“我们去公园里散了步，看了很多有趣的花草植物。只有一点很奇怪，你给我们留的字条上不是有中德文对照吗，每次你爸爸看到什么有意思的东西，就指着纸条上的中文给他们看。然后你的老丈人表情有些怪异。”

看样子我原本企图讨好丈母娘的小算盘是彻底落空了。反而是我老丈人不断地被亲家公称赞自己漂亮，这下尴尬了。

“不过说实话，”我爸爸搭腔进来，“我们肚子挺饿的。他们中午吃饭的时候点了些奇怪的东西。”

“没错，”妈妈赞同地说，“你的纸条也没怎么帮上忙。但是白雪公主说……”

等一等，我是听错了吗？这又不是在电影里，我妈妈为什么会突然说起白雪公主？

“到底谁是白雪公主啊？”

“就是你丈母娘啊。她跟我们说了她的名字，但是我们实在念不出来。”这倒是真的，因为丈母娘姓王名秀珍，尤其是秀珍的发音对于西方人来说太难，更不要说记住了。这绝对怪不得我的妈妈。

“然后我就问，她有没有英文名字啊。她说有啊，叫 Snow White。这不就是白雪公主吗！这点英语我还是懂的。”

我心里暗自拍案叫绝。当时觉得 Tiffany 和 Dreamy 已经算是够高明了，没想到我丈母娘的白雪公主还是更胜一筹。不过我的妈妈并不觉得这有什么不妥，“不管怎么说，白雪公主还是很能干的，她手机上装了翻译软件，我们用那个聊天聊得可欢了。”

瞧瞧啊，我心里想，这些老人早就已经跟上了科技时代的发展，我还想用最原始的纸和笔去帮助他们，真是可笑啊。条条大路通罗马，或者像中国人常说的那样，东方不亮西方亮嘛。

“那你们中午吃饭点了什么?”我用中文问丈母娘。

“其实都是很好吃的菜。有鸡肉、肉丸还有豆腐。但是你爸妈只吃了一点米饭，他们说自己感觉不太舒服。”

奇怪了，这些听起来都是欧洲胃很容易接受的菜啊!

“为什么你们没吃呢？鸡肉和肉丸不是你们爱吃的吗?”

听了我的疑问，我爸爸在坚硬的红木沙发上换了个坐姿，侧过身来对着我。他带着恐惧的眼神朝我岳父母那边看了一眼。

“你知道他们点了些什么吗?”我原本可以提醒他，不用那么小声，因为对方反正也听不懂德语，但是我想还是算了吧。

“他们点了狮子的头和有口水的鸡!”他有些激动地脱口而出，“这我怎么吃得下去?”

我妈妈扬着眉毛赞同地点头道："他们用翻译软件告诉我们的。"

我和莉萍放声大笑。我的岳父母不解地看着我们。

"不是，他们给你们点的菜不是什么濒危动物。狮子头，其实是用猪肉做成的大肉丸子，因为炖熟了之后会膨胀起来，外形有点像狮子的头，所以才叫这个菜名的，它跟狮子没有任何关系。"

我父母用惊异的眼神看着我。

"可是口水鸡呢，那才真是让人受不了呢。我根本不想知道，这鸡是用谁的口水煮的，或者是有人在鸡肉上面抹了一层口水？"我妈妈反感地摇摇头道。

"这道菜之所以叫口水鸡，是因为它特别好吃，好吃到人们一看到它就情不自禁地流口水。下次我再带你们去吃一次口水鸡，我保证你们会喜欢！"

"那臭豆腐又是什么？闻起来怪怪的味道。"

我又笑了。

"不过臭豆腐倒可以说是名副其实了，就像咱们德语里把榴莲叫臭果一样，名字里有臭，实际味道也臭。"

靠山吃山，靠水吃水

Wenn du am Berg lebst，isst du den Berg
Wenn du am Wasser lebst，isst du das Wasser

婚礼的日子终于到了。这天早上，我五点钟就从酒店客房的床上爬起来，感觉浑身疲惫不堪。根据中国的传统，结婚前夜新郎必须在自己的父母家里住。到了婚礼当天的早晨，新郎去新娘的娘家迎亲，把媳妇接回新房，然后两个人共同开启生活的新篇章。因为我父母的家在 9 000 公里以外，所以莉萍就把我安置在附近的一家酒店里。我在婚礼之前就表示，愿意配合中国传统婚俗的一切要求。就像明朝大文豪冯梦龙在《醒世恒言》中写的那样：靠山吃山，靠水吃水。大意就是根据现有情况，因地制宜。我对自己说："亲爱的大山，我来了!"

我洗了个冷水澡，从背包里掏出莉萍前一天晚上交给我的字条。那上面写了我今天一天的行动指南，什么时候要到哪里，该做什么事，都清清楚楚。首先我必须在早上六点整穿戴整齐，准时从酒店出发，去市中心取迎亲的婚车和鲜花装饰。我对车完全不感兴趣，所以把选婚车的事情全权交给了老朱。

"这事儿要不是我亲自操办，那就完了。全中国没有一个人比我更懂车。要是你去，说不定会选一辆大众高尔夫。"

最终他选定了一辆宝马 8 系敞篷轿跑车，在我看来这款车实在太过招摇。我在婚庆公司门口取了车，见到了我的三个伴郎。他们都是莉萍的朋友，将负责指点我完成今天一天的各项流程。等一切安排妥当，我终于坐到这辆自命不凡的迎亲车里时，早晨的太阳已经高高挂起。我把黑色的西装外套扔到后座上，五月的上海已经有初夏的感觉，再加上莉萍给我指派的各项任务让我压力山大，我浑身燥热不安。

接下来我开车穿过整个城区，去迎娶我的新娘。我的伴郎们一路笑声不断，因为这辆装点了红色和白色玫瑰花的婚车在上海的高架快速路上十分惹眼。比婚车本身更引人注目的是我这个老外新郎，开着敞篷车以接近步行的速度在拥堵的高架路上缓慢前行。堵车的烦躁，婚礼前的紧张，再加上艳阳高照的天气，让我的脸越来越红。我心里暗暗抱怨着，为什么老朱非得选一辆敞篷车。莉萍的字条上也没写让我抹防晒霜啊！对于这辆完全陌生的高级轿跑车，我能找到钥匙孔在哪里就已经谢天谢地了，至于怎么操作才能把汽车顶棚关闭，我实在无能为力。相比之下我的伴郎们则十分享受这段行程，因为每当有年轻女士降下车窗，想要看看我这个老外新郎长什么样的时候，他们就趁机跟漂亮姑娘打招呼搭讪。他们每个人都在大声叫嚷以吸引关注。我沉默地握着方向盘，一心只想快点去接我的新娘，也赶快逃离这太阳的炙烤。

当我终于把车开到莉萍家小区门口时，黄师傅从他狭小的工作间里探头出来说：“你这是一大早就喝酒了吗?”他一边摘下耳朵上别着的一根香烟点燃，一边说道：“脸红得像番茄一样。”

我嘟囔着说：“我这是晒伤好吗!”老黄使劲吸了一口烟，但却没有给我打开栏杆的意思。

“老兄，麻烦你给我打开。我的新娘子还等着我呢。”我不耐烦地请求道。

他狡黠地一笑。

“这可不行啊。”令我吃惊的是他竟然拒绝了。我求助地望向我的伴郎团。“那个包呢?”这时候莉萍的表弟小朱问道。

我突然明白老黄想要什么了。伴郎团在莉萍的委托之下带来一个背包，里面装了很多小份的红包，还有好多包熊猫牌香烟。

根据中国传统习俗，新郎必须用红包“打点”，才能通过一路上的重重关卡，接到自己的新娘。凡是跟喜事能扯上点关系的人，比如邻居、路人还有伴娘，都不会错过这个狠狠宰一把新郎的好机会。我从包里掏出一包香烟，连同红包一起递到老黄手里。后者道声谢欣然收下，栏杆如鬼使神差般抬了起来，我距离我的新娘更近了。

不过要真正接到新娘子，我还需要付出更多的代价。

我们的车刚刚拐过一个弯，就发现有人在等着我们。老朱的一帮朋友，就是我刚来的时候在地下车库碰见的那几个，正围在一起抽着烟。他们看起来心情大好，毕竟这是他们好朋友嫁闺女的大喜日子，有这么好的机会品尝喜宴上的美味佳肴，抽烟喝酒全免费，何乐而不为。老高今天照例戴了墨镜，大金链子在白衬衫领口闪闪发光，和往常一样，他还是最懂得如何闹出大动静的那一个。他一看到我们的车过来，立刻把香烟扔到了窨井盖里，因为他施展身手的时候到了。他面前的地上放着一个巨大的红金色圆柱形包裹，他撕下包装纸，里面是一条长如巨蛇的鞭炮。他把鞭炮横放到老朱家住的高楼单元门前，从裤兜里掏出一盒火柴，当我开的宝马车在距离他五米处停下时，他擦亮火柴点燃了引信。噼里啪啦的鞭炮声震耳欲聋，空气中顿时弥漫起浓重的火药味，一股浓烟随风直冲到十五层楼。我的新娘正等在那里，她现在应该也知道自己的新郎已经来到楼下了吧。红色的鞭炮还在响个不停，中国人认为这能够驱鬼辟邪，保佑我们婚后生活一帆风顺。邻居们自然也感受到这热闹的气氛，好多家都有人打开窗户往外看，是哪个有福气的小伙子来接媳妇了。我向他们招招手，他们则扯着嗓子冲我喊了些什么话，但是因为鞭炮声实在太响，我实在听不出来他们都说了些什么，只好继续挥手。

等最后一枚鞭炮也完成了它的使命之后，我走向那位鞭炮大师，递上一个红包和一包香烟。老高微微欠身致谢。我的伴郎团提醒我，现在该上十五楼了，我的新娘已经在焦急等待之中。

我刚要走进单元门，就看到 Tiffany 抱着双臂站在那里，笑嘻嘻地挡住了我的去路。

“早上好，亲爱的。”

“早上好，Tiffany。我要去莉萍那里。”

“哼，我知道你想过去，不过这可没那么简单！”

她放开抱着的双臂，向我摊开一只手伸过来。我知道她想要什么，只好心不甘情不愿地又从裤兜里拿出一份红包，拍到她的手上。眼见着手里的红包以令人担忧的速度减少，我恐怕得省着点发了，要是我今天还想到达楼上的话。这些红包都是“敲门砖”，等我到了家里，至少还会有五位伴娘向我伸手。我不动声色地把红包分给几个伴郎，让他们藏在各自的口袋里。Tiffany 把红包塞进她那小小的却看起来价值连城的手提包里，然后从地上拿起一口铸铁锅和一把木质汤勺，带着嘲弄的微笑递给我。

“为了让你在去往十五楼的路上不寂寞，我们给你准备了些东西。”

我接下沉重的铁锅和饭勺，却不知道要拿它们干嘛。

“你现在要爬楼梯上去，一边走一边用勺子敲着锅唱：‘我是个穷鬼新郎，原谅我吧，我的新娘！’这样所有人都知道莉萍嫁了个穷学生。”

她说得倒是没错。不过再有几个月我就毕业了，可以赚大钱了。到时候我一定会报仇的，我要再用木勺敲着铁锅从一楼唱到十五楼，告诉大家我一个月挣多少钱。可是现在我只是任人宰割的羔羊，除了照着 Tiffany 的指示去做之外别无选择。当我路过一楼的电梯门时，看到两个伴娘在那里把守着。我给每人递上一个红包，希望可以贿赂她们。两位姑娘虽然道了谢，但却丝毫没有放行的意思。我为自己白白浪费了两个红包感到气恼，只好在伴郎的陪同下，可怜巴巴地爬起楼梯来。大多数邻居早就知道今天会有个命苦的新郎从这里经过，而那些原本不知道的现在肯定也都知道了。我大声地唱着穷新郎的歌，生怕唱得不够响，不能让伴娘满意。按照传统习俗，她们今天有权力决定我能否进入她们最好朋友的闺房。

刚爬了两层楼的时候，我还给那些挤在楼梯间的邻居小孩塞了些红包。一个老外新郎大汗淋漓地一边唱着歌一边爬楼梯，这毕竟不是每天都能看到的景象。到了三楼，我就把西装口袋和裤兜翻出来给他们看，意思是我已经是两手空空啦。为了配合情景，我继续唱着“我是个穷鬼新郎，原谅我吧，我的新娘!”

尽管没有红包拿，但大家都开怀大笑。我也有些沾沾自喜，因为没人发现我的伴郎口袋里还藏着一些红包。Tiffany 和另外两个伴娘很好心地陪着我上楼。不过 Tiffany 是不会走楼梯的，她穿的高跟鞋可不允许这样的长途跋涉。她惬意地乘着电梯，每上一层楼就到楼梯口等我，然后再去继续乘电梯。

终于到了十五楼，我在走廊里的木椅上跌坐下来，喘一口气。这里放了两把高靠背椅子，我老丈人常在这里和邻居坐着抽烟聊天，从天气谈到股票，不亦乐乎。现在我的新郎西服已经里里外外湿透，被太阳暴晒过的额头上满是汗水。突然想到我今天还有两套服装可换，我第一次感到庆幸，还好不用穿着这身西装过一天。我的伴郎给我递来一杯温水，这是他用一个红包从伴娘那里换来的。我慢慢缓过神来，准备迎接最后的一战。我至少已经杀到了家门口。现在我还需要再敲开一扇门，那就是莉萍卧室的房门。虽然我已经和她在那间屋里住了一段时间，但今天这里几乎成为我可望不可即的地方。

Tiffany 和另外几名伴娘站在家门口，全都穿着同样款式的鲑鱼粉色连衣裙。

“你们一共是几个人?”我近乎绝望地问道，心中期盼着我们余下的红包还能够用。

“我们是九个人。”好吧，但愿能凑合过关。莉萍没有告诉我，今天到底有多少个好朋友在这里把守。原来有九个啊！可是我只有三个伴郎，这实力对比也太明显了吧。

现在九个中国姑娘齐刷刷站在我面前，扯着嗓门冲我喊道：“红包，红包!”我看到我的伴郎小心翼翼地把手伸进西装口袋，默默地数着拿出九份红包。等一下进莉萍卧室还需要打点，但愿我们还有存货。在哄闹声中，每个伴娘都拿到一个红信封，但是她们似乎还嫌太少。

“铁公鸡！铁公鸡!”她们喊道。什么？什么公鸡？我不解地四处张望，可是既没有看到铁质的，也没看到真正的公鸡。

难道是为了测试我的胆量，要让我吃的一道菜吗？这时候我的伴郎推推我说：“她们是说你太小气。”哦，原来是说我铁公鸡，一毛不拔啊！这时候我真的没有兴趣再跟她们纠缠下去。我准备拿出我的王牌，那就是我的老外身份。

“好啦，我受够了！那我就不结婚了。无所谓，反正我们德国人不结婚也可以同居的。但是到时候你们自己去跟我老丈人解释啊。”我对着伴娘团丢下这番话就转过身去，以夸张的动作按下电梯下行按钮。

Tiffany急忙跑过来，把染成金色的发丝从脸颊上拨开：“别走啊，你干嘛这么扫兴。我当过五次伴娘，对你已经是最手下留情的了。”我气哼哼地想，她要是继续这么下去，就是再当五十次伴娘也等不到自己当新娘的那一天。

“现在过来吧，我们让你进去。但是只能先进家门，到了里面你还有任务要完成呢。”

说着话，她把我拉进了门，原本这里就是我的家嘛。不过家里为了今天这个大喜日子而布置得格外漂亮。到处都挂着红色的轻纱，目光所及之处全是红色。在中国文化中，红色意味着吉祥、富贵和多子多福。桌子上的花瓶里插着新鲜的百合花，果盘里放着香蕉、苹果、火龙果还有花生，也有早生贵子的寓意。所有的窗户和门上都贴着红色的双喜字，意味着成双成对，喜庆有余。

客厅里挤满了人。莉萍的七大姑八大姨都来了，还有叔伯舅公表兄弟姊妹等。莉萍爸爸的好朋友也上楼来了，站在客厅的角落抽着烟看热闹。还有几个小孩，一边吃着花生糖果，一边玩弄着红纱帘。所有的人都喜气洋洋，为我终于来到这里而欢呼雀跃。

“恭喜啊，新郎官！”

“从今往后就不是自由人了啊，孩子！”

“欢迎你加入我们的大家庭，托马斯！”

我在沙发上看到了我的父母，他们对这里的婚礼习俗一半觉得有趣，一半觉得惊异。我也没时间慢慢向他们解释，干脆让他们自己观察，自己总结吧。

很遗憾，Tiffany 还不打算放过我。如果我想要进入卧房，还得完成她布置的任务。我只好耐着性子按照她的指示做了俯卧撑，跟着天鹅湖的乐曲跳了芭蕾，还得如实相告我和莉萍是什么时候认识的，什么时候第一次接吻，以及怎么求婚的等等。

“现在是最后一关了，”Tiffany 庄重宣布，“亲爱的托马斯，我们希望你提前品尝一下婚姻的滋味。”

她拿起一个空的大玻璃杯，向众人展示了一下。“和莉萍的婚后生活肯定是大多数时间是甜蜜的。”之前我一直没有注意到的 Dreamy，递给 Tiffany 一罐蜂蜜，后者往杯子里倒了一些。“但有时候她也会非常火辣，”再倒上辣椒油，“你们也会有辛酸的时刻，”再加上醋，“还有很少的苦涩的瞬间，”她又往杯子里放了一些新鲜挤出来的苦柠檬汁，把这一大杯酸甜苦辣搅和均匀，然后郑重其事地递给我。

“现在你必须向所有人证明，你是个男子汉大丈夫！干杯！”所有人都在起哄：“干杯！快干了！”

我环视四周，看到两个正激动地等着用手机拍下这一刻的伴娘之间，站着老朱。我今天还没跟他说上话。从表情上看不出他心里在想什么。我们的眼神相遇。我举起杯子，向他做了个敬酒的姿势。他不动声色地微微颔首，我一仰头把满满一杯令人反胃的液体喝了下去。所有在场的宾客都欢呼鼓掌，激动地在大理石地板上跺着脚。

这个老外居然做到了！经历重重磨难，送光了最后的红包之后，通往我爱人的那扇门终于打开了。我的伴郎们有点不太客气地把最后几个把守的伴娘推到一边，我终于走进了我们的新房。床的上方一样挂着红色的轻纱，从天花板的中央分别往四个方向延伸到墙角。床上也铺着大红的床罩，上面有精美的花朵纹样。

莉萍就坐在那一片红色的海洋中，当我看到她的模样时，才知道原来电影里新郎第一眼看到穿着婚纱的新娘时那种惊喜和陶醉，都是来源于真实的生活。

只不过我的新娘并没有穿白色婚纱。她穿的是一件中式旗袍，那明艳的正红色和周围的环境融为一体。旗袍上绣着飞舞的金龙金凤，领口和袖口镶着白色的刺绣，象征祥云。她专门为婚礼而留长的头发被盘成了高耸的发髻，精致的编发若隐若现，三支金红色玫瑰花发卡别在一侧，既起固定作用，亦是点睛之笔。一对带有双喜字样吊坠的耳环在她的脸颊边荡荡悠悠，而酒红色的口红则和传统风格的嫁衣互相辉映。

我端详着她，确信即使给我全世界，自己也不会拿眼前的她去换一个穿着白色婚纱的新娘。她笑盈盈充满期待地坐在我面前，这身衣裙如此巧妙地烘托出她原本的魅力，这就是我最美的新娘。那浓郁的红色和她的黑发黑眸相映生辉，让她看起来好像从中国古代传说故事里走出来的东方美人。在这一刻我知道，我刚才喝下去的那一大杯酸甜苦辣绝对是值得的。我梦中的爱人就坐在我面前，等着我把她从娘家接走，开始全新的生活。

现在我即使不看字条也知道自己接下来该做什么了。伴郎把新娘花束和戒指送上来，我在莉萍面前单膝跪地，再正式地问她一次，愿不愿意成为我的妻子。

她当然说了“我愿意”，这根本没有什么悬念。我把钻戒戴到她的左手无名指上，然后起身去吻她。就在这时伴郎趁机从后面推了我一把，我毫无防备地向前扑去。在涌进新房的众亲友注目之下，我倒在床上，半个身子还压着我的新娘。我试图在扶着她起身的过程中，以尽量优雅的姿态亲一亲她的脸颊，这时候听到什么东西咔嚓一声被我的屁股给坐碎了。我摸了摸，好像是什么黏黏的液体。我站起身来，掀起红色的床罩，下面是碎掉的蛋壳和蛋黄蛋清，里面还混着几个花生。

“恭喜你啊，托马斯！你很快就会当爸爸的！”在场的众人高兴地鼓掌。我不解地看着莉萍。

“这是繁衍后代的象征。你坐碎的鸡蛋代表卵子，花生代表精子，你刚刚成功地把它们结合到了一起，祝贺你！”她冲我挤挤眼，我为自己总算做对了一件事而感到庆幸，虽然只是无心的。

这时候我才注意到，莉萍脚上穿的是拖鞋。虽然和礼服一样也装饰了红金纹样，但我还是觉得拖鞋在这样的正式场合有些不太合适。这时候 Tiffany 又来了，她朝我走过来的步态略显笨拙，我心里暗想，她没事吧？

“现在你还有最后一项任务。如果你想要把莉萍接走的话，她必须得有鞋穿。我们已经把鞋藏在这个房间里了，如果你能找到，就可以接走新娘。找不到就不能带走。”

我开始四处寻找。几分钟以后，我在卧室厚重的窗帘后面找到了右脚的那一只鞋。然而我翻遍了整个家也没找到另一只。我连抽水马桶和老丈人放内裤的抽屉都没放过，可是另一只红色的新娘鞋毫无踪迹。在场的宾客都乐不可支，尤其是我手脚并用地趴着去床底下找鞋的样子，让几个伴娘笑得花枝乱颤。

怎么也找不到，我无助地看着莉萍。

“看样子咱们今天是结不成婚了，我实在是找不到另一只鞋。”我哀叹着说。这时候 Tiffany 心软了，她向我走来，走路的姿势还是很奇怪。等在我面前站定后，她仿佛变戏法一般，伸手从自己鲑鱼粉色的伴娘裙子底下拿出了另一只鞋。她笑着递给我：“你看，你还是没有找遍所有的地方吧。”我的天，这也可以啊。

现在我终于可以把新娘带出卧室了。我的父母已经在客厅等待。接下来就是繁琐的风俗礼节，包括向父母敬茶，从父母那里领取红包，然后行叩拜大礼。最后丈母娘端给我一小碗甜汤，里面漂着两颗红枣，象征着婚后生活比蜜还甜。汤里还有莲子，加在一起应该就是“早生贵子”吧。我听话地用勺子把汤喝完，深感自己又领会了一项中国传统特色：在婚前，长辈会严格禁止情侣同房；但是一旦结婚之后，他们就立刻肩负着传宗接代的责任，必须尽快地让老人抱上孙子，一刻也不能耽误。

这时候已经是下午两点。由于晚上还有一顿丰盛的喜宴，所以上海人习惯在这天中午吃一些简单的食物。通常办喜事的家里会煮上好几锅饺子，分给在场的亲朋好友品尝。但是由于家里的厨房太小，再加上中国的送餐业务十分发达，所以我们决定点一些外卖汉堡薯条和汽水饮料，用来招待宾客。既方便快捷，又不需要准备餐具，而且可以保证大家到晚饭之前都不会饿肚子。

就这样，一对新人、双方父母还有满堂宾客就这样围坐在家里，享用着美式和中式混合的快餐。

我用眼角的余光看到我的爸爸一边享受地咬着汉堡，一边忙着用手机拍下身边的情景。这些视频说不定哪天会被上传到视频网站上。

终于到了可以把新娘从娘家接走的那一刻，确切地说是抱走。为了证明我的男子气概，我必须要抱着我的新娘子迈出门槛。理论上讲这并不算困难，但是我们的家和大门口之间还有十五层楼梯。我用两只手把莉萍横着抱起，走进电梯，在电梯间里没有人看着的时候，我就把她放下。等到电梯下到一楼，门快要打开的时候，我再张开双臂，充满自豪地抱着我的新娘子走出电梯。在我们迈出单元门门槛的那一刻，震耳欲聋的鞭炮声再次响起。让那些邪恶的魔鬼都滚开吧！与此同时，金红色的纸花像雨点一般从我们的头顶纷纷落下，这一刻我渐渐开始享受这热闹的庆典了。

“这是我经历过最疯狂的婚礼！”我对着莉萍的耳朵喊道。

“而且还是我们自己的婚礼！”她也冲着我喊道。她双手捂着耳朵，当最后的纸花雨都降落完毕的时候，我幸福地亲吻了她。

这时婚礼宾客也都浩浩荡荡地来到楼下。我把莉萍放到宝马敞篷车的副驾驶座位上，现在她还穿着那双红金色的拖鞋。我费尽九牛二虎之力找到的红色新娘鞋在莉萍妈妈的手上拿着。她有些紧张地把鞋翻来翻去，终于到了她登场的重要时刻。中国人将女人结婚称作“出嫁”，就是跟随着丈夫离开娘家，嫁入婆家。虽然这样的家庭模式已经有些老套，但在语言上人们仍然遵循着传统说法。现在母亲要和出嫁的女儿作最后的告别，莉萍将双脚从开着的车门里伸出来，她的妈妈跪在地上轻轻取下拖鞋，帮她穿上红色的高跟鞋。

“好了，女儿，现在你要独立了，要跟着你的丈夫走自己的人生道路了。”我偷眼瞧了瞧那 15 厘米的高跟，心想就靠这双鞋走独立的人生道路恐怕有些困难，不过好看是真的好看。

“祝你和丈夫在人生的道路上一帆风顺。虽然离开了家，可是不要忘记父母啊。”

这听起来是那么的动情。我没有提醒她，我们最迟一个小时之后就会见面，然后从明天开始又要继续在一个屋檐下生活了。我不想让自己德国式的不解风情破坏了母女真情告别的时刻。

在告别娘家的仪式结束之后，我开着敞篷婚车穿越上海的周末下班高峰车流，往永安大饭店进发。很遗憾，婚车在道路上不能享有先行的特权，在傍晚阳光的照射下，装饰在汽车发动机盖上的玫瑰花都没精打采地耷拉着。我的脑门也被那越来越红的晚霞炙烤得油光发亮。由于太过激动，我还是没能想起来给自己涂防晒霜。谁会在结婚的大喜日子想起这些呢?

当我们终于率先到达饭店，走进装饰一新的宴会大厅时，那里除了几个服务员之外还空空如也。莉萍幸福地看着我。

“我真庆幸我们没听老朱那老虎的意见。你看这里多漂亮啊!”我环视四周，的确如此。一条长长的红色地毯将整个空间一分为二，十五张餐桌则分别摆放在两侧。沿着红地毯的边摆放着好多红色的小灯笼，它们将照亮我和我的新娘今晚走向礼台的道路。举行典礼的舞台设在大厅一端，在红白相间的幕布上挂着一个两米高的巨大“囍”字。这个字我今天已经看到了这么多次，我和我的新娘一定能成为世间最幸福的夫妻。

每张餐桌都准备了十套餐具，餐桌中央摆放着百合花装饰。同样带有双喜字样的小扇子和红灯笼，使得整体气氛锦上添花。虽然客人都还没到，但是整个宴会大厅都沉浸在喜庆的红色氛围中，烘托出今天这个特别日子的欢乐气氛。我们躲进更衣间，享受风暴来临之前的片刻宁静。今天晚上还有非常充实紧凑的节目等着我们呢，我看了一眼手上的字条。

“快脱衣服!”这时候我们的小个子婚礼策划师不知从哪里冒了出来，立刻开始发号施令。我不解地看着她。“马上婚礼就要开始了，你现在就得换服装。”我耸了耸肩，开始脱衣服。显然她在这些年的工作里已经见过无数位只穿着内衣裤的新郎，也没什么好避讳的了。我把西装脱下来，她立刻用力把那套丝缎的新郎长袍给我套上。莉萍正忙着向化妆师解释应该怎么给自己画眼影。婚礼策划师把绣着虎纹的腰带给我系上，然后把那沉重的发冠扣到我脑袋上。

我可以听见外面的宴会厅里已经坐满了人，宾客们谈笑风生，等待着婚礼的开始。我没有时间去照顾我的父母，但我相信我老丈人或者是他的朋友当中一定有人开车载他们来这里。语言沟通方面他们还可以用翻译软件。昨天我已经告诉他们，新郎新娘的父母在婚礼上还要扮演重要的角色，他们只需要按照我或者婚礼主持人的指示去做就可以了。

首先我的父母和岳父母要登上礼台，然后是我，最后登场的是新娘。外面音乐和掌声响起，我听到主持人在向宾客宣布，请新娘和新郎的父母上台。我虽然看不清楚我父母的表情，但是能想象他们现在的感受。现场有一百五十位兴致盎然的宾客，只有他们两个德国人，听不懂中文，不知道周围的人或大声交谈或窃窃私语的内容是什么。他们才来到中国三天，这里原本就和德国截然不同，更不用说这场疯狂的婚礼了。我把更衣室的门打开一条缝，偷偷往外看。我的父母的确已经走上了舞台。

“请新郎新娘的父母向今晚的来宾鞠躬致谢！”我的老丈人丈母娘立刻响应，他们深深地鞠躬，而我的父母却仍然不明就里地四处张望。他们显然没听懂主持人的指令是什么。正当我的岳父母僵在鞠躬的姿势进退两难时，我的妈妈突然醒悟过来，原来大家都在等他们。从我的观察角度，可以看到她推了推爸爸，又指了指亲家两口子。然后他们也照着样子鞠了躬，在场的宾客顿时热烈地鼓起掌来，我看到老丈人庆幸终于可以站直身子的表情，他面露痛楚地揉了揉自己的后腰。

现在四位老人都坐在了准备好的椅子上，主持人高声宣布："接下来我们今晚的主角要登场啦！"她还是挺幽默的，"让我们欢迎新郎登场。今天是他作为自由身的最后一天，我们必须要好好庆祝一下！"

"快去！"背后有一只手生硬地推了我一把，我走出更衣室，走到了红地毯上。在场宾客一看到我，顿时满堂哗然。估计这样的场面他们还是第一次看见，一个白人老外新郎，穿着传统的中式丝袍，戴着一顶跟儿童自行车差不多大的帽子。

所有人都站起身来，掏出手机拍照，一边开怀大笑。我开始享受众人对我的关注和欢呼。按照字条上的指示，我两手抱拳，向左右两侧的来宾作揖行礼，同时慢慢地向前挪动步子。

"托马斯，看这里！"

"新郎，笑一笑！"

每个人都想给我照一张完美的照片。我配合地冲着他们的手机镜头微笑，同时向舞台走去。到了舞台中央，我先向双方父母鞠躬致敬，在转过身来对着宾客躬身行礼。

“请在座的各位全体起立，”同样身穿大红晚礼服的主持人语气突然变得郑重其事起来，“亲爱的新郎，今天将是你第一次看到新娘的真面目。”为了配合表演，我听话地点点头。“此时此刻，你的心情如何？”

我接过她手中的麦克风，按照事先约定好的台词说道：“我相信，我的父母一定给我选了位既漂亮又贤惠的新娘。”客人们被逗乐了，他们鼓起掌来。我还就势即兴发挥了一句：“不过就算她不是特别漂亮也没关系，这样我就不用怕她跑掉了！”宴会厅里响起哄堂大笑，接着就是雷鸣般的掌声。而我这小小的表演只是整晚精彩节目的一个序曲。掌声未落，现场又响起了越来越强的鼓声，然后还有唢呐声。这种传统中国民间乐器发出的高亢乐声，宣告着今晚婚礼的重头戏来临，那就是新娘要入场了。乐队从拐角处缓缓登场，领头的是鼓手，他的腰上绑着一只巨大的鼓，每敲一下那沉闷的鼓声就能响彻大厅。后面跟着两名唢呐手，他们鼓着腮帮子吹奏着《百鸟朝凤》。最后还有一位锣钹手，他一边打出乐曲的节奏，一边跟着乐队走上舞台。

在颇具中国传统民间特色的乐队之后，今晚最重要的主角登场了。四个身穿白色丝缎衣裤，头戴红色尖顶帽的男子，摇摇晃晃地抬着一顶轿子进入大厅。那厚厚的红色轿帘上有着精美的绣花，顶端和底边都镶嵌了华丽的金色流苏，而在轿帘后面就是我的新娘。花轿的尖顶上装饰着一个巨大的红色绸缎绣球。轿夫们穿过欢呼雀跃到几乎沸腾的宾客人群，走到舞台前。

这样的婚礼，即使是我们的中国亲友也从未亲身经历过。大多数人都会选择在某一家上海的酒店里，办一场既不是中式，也不是西式的婚礼，千篇一律。而我们的婚礼则截然不同。我看了看我的父母，他们脸上清清楚楚写着“我们到底要干嘛”的表情。好吧，反正至少等他们回到德国，会有足够的谈资去讲给那边的亲友听了。

守护新娘花轿的还有两只一米多高的“狮子”，一只金色，一只红色。其实那里面各藏了两位舞狮的师傅。他们伴着锣鼓的节奏，舞动着威武的狮头，做出各种精彩的动作和造型。狮子的眼口耳都是可以活动的，这更让它显得生动威风。在场的孩子们都在兴奋地拍手叫好。在这一片喧闹声中，我心中坚信，我们的婚姻得到了这么多祝福，一定会幸福美满，子女满堂。这时候轿夫在舞台前面轻轻地把花轿放在地上。轿帘动了动，一只纤柔的小手从里面伸出来，凤冠霞帔的莉萍走下轿来。

我在舞台上站了几分钟，已经觉得头上戴的帽子快要把自己压死了，但是莉萍佩戴的凤冠至少有我的两个大，上面还顶了像桌布那么大的一块绣着囍字的红盖头。我虽然看不见她的脸，但是我知道，那就是这个宴会厅里，不，是全世界最美丽的女人。

等莉萍站到舞台上来，主持人递给我一根金红色的棍子，那上面有个银色的小钩子。

“现在，请新郎用秤杆挑起新娘的盖头，从此称心如意。”

我小心翼翼地拿着秤杆，试着去揭开莉萍的盖头。而她则按照预先排练好的那样，躲躲闪闪，不让我和在座的宾客看到她的真面目。经过了几番半推半就之后，我终于以颇为戏剧化的动作，揭开了那块红盖头。

尽管我们俩相恋已经快两年了，但是在这一刻似乎真有奇迹发生了。当那红色的丝缎被揭去，我仿佛觉得自己是第一次领略到她真正的美。她的眼眸显得格外漆黑明亮，她的脸颊上浮起一片淡粉色的红晕，而那大红色的口红则勾勒出她那迷人的双唇。在我的注视下，她几乎是有些娇羞地对我微微一笑。

主持人递给我们两个装着白酒的木盏，我们用右手端起来，喝下了这杯“交杯酒”。

接下来的时间就像在梦中一样飞速而过。我喝了各种各样据说可以帮助早生贵子的饮品，和新娘一起系下同心结，无数次地鞠躬行礼，然后还和莉萍一道换了好几次服装造型。令我庆幸的是，每换一次造型，我的行头就变得轻便一点。

在婚宴进入后半场之后，老朱走上舞台拿起了麦克风。作为新娘的父亲，他要发表感言。他虽然是个强势的男人，但在聚光灯下，众宾客的注目之中，也难免有一些紧张。

“咳咳——”他对着麦克风清了清嗓子。

“各位来宾，今天对于我们和我们的家庭来说是一个重要的日子。”他环视一周，用手指着我父母和他以及我丈母娘坐的桌子道，“我的女儿出嫁了。”这句话刚一出口，他的眼睛就湿润了。在镁光灯的强烈照射下，连坐得最靠后的客人也能看见他眼里闪着的泪光。“26 年，我看着她长大，照顾他，保护她，现在我不再是她身边唯一的男人了。”他露齿一笑，仿佛在说笑话，但我知道这里面藏着真实的心声。“我真心希望，未来这个陪伴在她身边的男人能好好待她，呵护她，陪着她走过坦途与荆棘。”接下来就是没完没了地列举一个好丈夫必须履行的各项义务。我看到丈母娘拿起手机在录像，也许她要把这一番说教录下来，等到需要的时候再放给他看，提醒他别忘了自己讲过的模范丈夫标准。

“大家一定要吃好喝好！千万别到街上跟别人说，在我老朱摆的喜酒上没吃饱肚子！”他举起手中的红酒杯，“干杯！”在场的宾客也纷纷举杯，齐声应道：“干杯！”

在婚宴最后一个环节，我们还要依次向每一桌的宾客亲自敬酒道谢。这时候客人也会给我们递上红包作为新婚贺礼，每份红包上面都工整地写着送礼人的姓名，这样我丈母娘到时候就能够清楚地把每一位客人给了多少礼金仔仔细细地登记在她的本子上，以便将来在需要的场合以合适的数目予以回礼。我们正在准备去敬酒的时候，莉萍突然在我耳边悄悄说：“我还给你准备了一个惊喜。”

然后她登上舞台，温柔的乐曲在扩音器里响起。我的新婚妻子这时候穿着一件绣着粉色荷花图案的薰衣草色旗袍，梳着精致的盘发，一对珍珠耳环在她的脸颊边悠悠闪着温柔的白光。

莉萍唱歌非常好听，而她现在要献给我的这首中文情歌《最重要的决定》，也非常符合我们俩的心境：

你是我最重要的决定

我愿意 每天在你身边苏醒

就连吵架也很过瘾 不会冷冰

因为真爱没有输赢只有亲密

泪水顺着她的脸颊流下来，我知道这是幸福的泪水，我们两个一路走来直到今天，尽管经历了重重困难，但是我们都甘之如饴。歌里唱的是，“真爱里没有输赢”，但是我还是觉得自己赚大了。我仍然不能真正相信，那天在大学生派对上遇到的美丽女人，看起来是那么遥不可及，如今她却站在舞台上，唱着一首送给我一个人的情歌。

当一曲唱罢，我冲上舞台，双手把她抱起来转了一个又一个的圈。客人们也都和我一样感动，他们轻轻地鼓起掌来，而我则温柔地在莉萍的嘴唇印上一个吻。

这个既感人又搞笑，还有一点混乱的婚礼接近尾声。我们端着酒杯，亲自向每一位来宾道谢。首先我们走近莉萍爸爸朋友的那一桌，他们都已经吃饱，开始专注于消灭桌上的白酒。因为老朱原先列出的请客名单后来被迫大大缩水，所以这些朋友都没有携带家眷，他们显然十分享受这难得的自由。

“哎呀，托马斯，”老高把墨镜从鼻梁上取下来，站起身来，一边摆弄着脖子上的金链子一边说道，“你还记得我们第一次在地下车库见面吗?”他挥舞着手里的香烟，仿佛要帮助我找回记忆。因为已经酒过三巡，他必须扶着椅背才能稳住重心。

“当然，我永远不会忘记那天晚上。”我老老实实地答道。

“现在我们都在喝你的喜酒了，时间过得真快啊。来，这是我的一点心意，”他一边说着，一边递给我们一份厚厚的红包，“礼太薄，请多包涵啊！我老婆管钱管得太紧。”他话音刚落，在座的好友一阵爆笑，因为大家都知道他说的是实话。上海家庭的财政大权都掌握在主妇手里。不过从这红包拿在手里的分量来看，老高的夫人这次出手并不小气。

我把红包转交给走上前来的老丈人。毕竟他为今天的婚礼支付了巨额开销，而这些宾客送给我们的礼金自然也应该交给他。“老王太不地道了，才给了 800 块钱。”他低声对我们说。我对我老丈人的那个生意伙伴还记忆犹新，就是指望拿廉价香烟来讨好他的那个。

老高拍了拍自己的肚子，举起酒杯：“来，托马斯，我们干杯!”我对白酒有一种强烈的抵触感，但是在自己的婚礼上，我不能再拿肝病后遗症来当挡箭牌了。我必须要挺过去。我刚要接过酒杯，这时候老丈人挡在了我前面。

“不不，老朋友，我女婿不能喝酒，我来替他喝吧。毕竟他今晚还得履行一个新婚丈夫的职责呢。”说着这话，他接过酒杯一饮而尽。

这样的程序在每一桌都要重复一遍。我和莉萍端着杯子里的白水和客人碰杯，而他则替我们干了一杯又一杯的白酒。

喝喜酒的客人开始逐渐散去，坚持了一整个晚上，我终于有机会去趟洗手间了。走进灯光昏暗的洗手间，我看见老丈人站在小便池前。他用空出来的左手扶着墙，今晚喝了这么多白酒，他已经有一些站不稳了。我站到他旁边的小便池前，拉开裤子拉链。上海很多高档饭店常常会在小便池里放满冰块，这样可以减少异味，同时当冰块遇到温热的尿液而开始融化时，会发出有趣的咔嚓声。老朱用明显有些迷茫的眼神看向我。

“是你呀，托马斯。我的新女婿。”还好，至少他还能认出我来。

“我，我必须……我必须要跟你说句话，”他一边说着，一边试图用空出来的手打个手势，但是却不得不重新扶住墙，否则他就会失去平衡。

“现在是女婿了。我也是，我也曾经当过女婿。现在我们都是有妇之夫了。”我试着从他含混不清的言语中找出韵律。“我现在才真正认识你了。一开始我觉得，你是个老外。”这不用他觉得，我就是个老外啊。

“但是现在我知道了，你也是个好人。你会对我的女儿好，对我的外孙，也就是你的孩子好。”

就这样，我们并肩站着，听着冰块融化的咔嚓声，老朱继续对我说着话。

方便完之后，他拍拍我的肩膀。“祝贺你啊，一切顺利。”我不知道他究竟在祝贺我什么，但是我想他是要告诉我，现在我具备了为人夫和为人父的资格。这样的话，在过了这一天之后，在他清醒的时候，我是不可能从他嘴里再听到的。对这一点我十分清楚，所以我充满感激地将这一刻深深记在脑海里。这些听起来似乎有些混乱的话语，在之后的岁月里不断地在我脑海里闪过，而每次想起来这一幕，我都觉得比当时更加感动。这还真是“酒后吐真言”啊，我微笑着对自己说。因为我知道，所有的一切都是值得的。

金窝银窝不如自己的狗窝

Des Nachbarn Palast ist nichts gegen die eigene Hundehütte

我和莉萍在酒店里度过了我们的新婚之夜，这样至少能享受一个私密的夜晚，然后在舒适的环境中迎来生活新篇章的第一天。睡了一个好觉醒来之后，我和莉萍一边享用酒店的早餐，一边讨论起未来。

“我们必须尽快搬出去住。”我好长时间没有吃到这样新鲜出炉的可颂面包，还有这样鲜嫩多汁的火腿了，再搭配一杯香气扑鼻的现磨咖啡。

“你快加油写毕业论文吧。只要你一毕业，我们就立刻搬出去。”莉萍享用着一碗牛肉面，浓郁的汤汁配上大块的牛肉，再撒上葱花和香菜。尽管对中国饮食习惯十分感兴趣，但我这个德国胃还是无法接受一大早就吃热汤面。

“我觉得再有一两个月就差不多了。等我毕业之后，找一份收入不错的工作，我们就可以有一个自己的家了。”

一年来，我们一直梦想着能有自己的家。这个想法应该不会遇到什么阻力，因为在中国，有自己的房子是非常重要的事情。大多数情况下，都是新郎的家庭负责在婚前为小两口置办好新房。这相当于一份彩礼，也就是娶走新娘要付出的代价，也是相当昂贵的代价。

上海的房价之高，德国没有一座城市可以与之比肩。我的老丈人家距离市中心大约 15 公里，这套 130 平方米的公寓，价格大约折合 9 000 欧元每平方米。这个价格远远超出慕尼黑最好地段的房价，而慕尼黑的房地产价格在德国已经是数一数二的高了。如果想要住得离市中心更近一点，那房价就更加难以想象了。况且在中国买房，理论上讲买到的只是70年的使用权，和德国的居住权有点类似。因为在中国，土地是归国家所有的。但是房子买下70年之后会发生什么，其实谁也说不清楚。毕竟从相关法规问世至今，也就才过去了几十年而已。

根据我们的情况，我那德国中产阶层的父母自然是没有能力拿出上百万欧元，来送出这样一份昂贵的彩礼。所以我们只能靠自己了。

“我的一个生意伙伴有一套出租房现在空出来了，我已经去看了，那房子不错，你们一定喜欢。”

当天下午，我们刚一回到我丈人丈母娘家，就得知老朱已经替我们打点了一切。

“可是爸爸……”莉萍想要反驳。

“没有可是！租金的事情你们不用操心，我来出。”

到了调整战略的时候了。现在我已经是官方认证的女婿了，所以必须在适当的时候站出来说话。

“爸爸，我们非常感谢你的好意。但是我们想要自己找房子，我们也会自己付房租的。毕竟我们都已经是大人了。”

老丈人略带吃惊地看着我，我感受到身旁的莉萍眼里透出的自豪。我们今天早上已经下定决心，绝对不接受老朱的资助，因为不想让他感觉我们亏欠他什么。我们会证明给他看，他的两只小虎崽能够在上海的大都市丛林中自力更生。

……

“有空常来玩啊!”

“你们也要来德国啊!”

距离飞往法兰克福的航班起飞还有三个小时。在浦东机场大厅里，我的父母和岳父母兴奋地交换互访邀请。

“我们在这里过得非常愉快。托马斯，快给我翻译。”我的妈妈说。我把话翻译给老朱听，他的脸上绽放出幸福的光芒，仿佛一个在圣诞树下找到礼物的孩子。在婚礼之后的几天里，他又请我父母去城中最好的饭馆品尝珍馐佳肴，带他们去享受按摩足疗，还给他们准备了丰厚的送别礼品，包括茶壶、字画、刺绣等各种中国工艺纪念品。现在他可以确定，德国的大家庭听我父母谈起他，一定全部都是溢美之词。他已经达到了目的。

“我们一定会去德国的。”他充满期待地说，我在翻译的时候微微打了个寒战。如果他要去德国，我肯定得充当导游、同声传译和私人助理。我希望到时候能挺过老丈人的德国考察之旅。

“我们现在进去吧，要不该赶不上飞机了。”我看看表，距离起飞时间还有两个半小时。

我们站在安检口外，对我父母挥手告别。我轻轻松了一口气，从现在开始我必须把全部精力集中在论文和毕业上。

……

两个月过去了，我在中间短暂地去了趟德国，完成了毕业考试，领到了学历证书，现在我终于可以开始在上海找工作了。我必须要向老朱证明，我是个有用的女婿。在婚礼之后，虽然他也偶尔表现出过一些友善，但是这只老虎还远远没有被我驯服。最主要的是我们希望能尽快搬进我们第一个共同的家。然而找工作这件事进展得并没有想象中那样顺利，因为大学毕业生在上海就像海边的沙子一样俯拾皆是，我面对的是来自国内和国外的竞争对手。

怎么办呢？我们决定还是先搬出去再说。就像中国人常说的那样，“金窝银窝也不如自己的狗窝”。莉萍的工资收入刚好能够支付一套小公寓的租金和基本的生活开销。

经过几个星期的寻找，我们终于找到了一套很不错的小公寓，房租我们也能承担得起。这是我和莉萍第一个自己的家，位于一栋高层公寓楼的 32 层，距离老丈人家大概有 15 分钟的车程。

我们还领养了一对小猫，在我们的衣帽间里给它们安了个家。我们给它们起名叫“面包”和“馒头”。这样，至少从名字来看，它们俩已经完美体现了我们这个德中结合家庭的特色。

在适应了新家的生活之后，我们计划正式邀请我丈人丈母娘来吃晚饭。

我拨通了老朱的电话。

“爸爸，你们星期六愿意到我们的新家来吃晚饭吗?”

“不去。”回答得干脆利落。

我吃惊地挠挠头，开始在自己的记忆库中搜索起来。难道“不去”在中文里还有别的意思?但是我实在想不出来。“不去”的意思应该就是拒绝吧。

“不行?”我小心试探道。

“我是不会到陌生人的房子里去的。但是你妈妈肯定会去，我通知她。”话刚说完，他就挂上了电话，我拿着手机愣住了。

“到底是怎么回事?”他又回来了，那只让我心惊胆战的老虎，重新露出了獠牙。我甚至不知道他为什么会这样，应该怎么去安抚他。

“因为咱们住的是出租房，”莉萍解释道，“对于中国的老人来说，这不是我们的房子，而是房东的。所以他才说，不会到陌生人的房子里去。”

“那意思就是说，如果我们一直买不起自己的房子，他就一辈子都不会上门来吗?”

莉萍冲我眨了眨眼。我感觉自己又回到了第一次去岳父母家吃晚饭之前，我和莉萍在宾馆房间里商议大计时的场景。那副胸有成竹的表情又浮现在莉萍美丽的脸庞上。

“我已经有计划了。”

尽管老丈人现在已经认可了我们俩的婚姻，并且（在喝醉酒的情况下）也承认，我是个可以接受的女婿，但是对于我来说他的情绪和思想变化仍然难以捉摸。

在新家的聚餐最后还是只有丈母娘参加，但是从这一天开始，莉萍逐步执行起她的计划来。

和德国一样，中国的社交软件也十分盛行。这些在我眼中都是浪费时间的恶魔。德国人沉迷于 WhatsApp 群组，而中国人则热衷于微信群。其实本质上都是大同小异，差不多就是一些主妇们，或者是工作无聊的办公室文员，在网络群聊里聚集起来，分享一些搞笑视频或者心灵鸡汤。一般情况下，我只要被拉进一个群聊，就会立刻把它删除或者直接屏蔽。但是为了避免给人留下太不合群的印象，我对两边的家庭群聊还是保持着一定的尊重。

我们执行计划的第一步，就是在我们和丈人丈母娘四个人的微信群里，每天晚上批量放送两只小猫咪的可爱照片。这样的行动持续了几个星期，莉萍花费了一番心思，尽可能地尝试从各种角度给猫咪拍照，以最大限度地体现出它们的天真呆萌。

不管怎样，我们还是希望经常见到老朱的，所以我们每周至少会去老丈人家吃一顿晚饭。

这天晚上也不例外。

我已经在一家小规模的中资广告公司找到了份实习的工作。虽然实习工资十分微薄，但是能够以此作为过渡已经令我感到庆幸了。

“你一个月挣多少钱?”老朱的刀子嘴模式又重新启动了。因为他知道，实习生的工资肯定不高。

我故意慢慢地嚼着嘴里的牛肉。莉萍鼓励地对我点点头。毕竟我们也想要证明，我们的婚姻生活幸福与否并不取决于经济状况。

“呃，扣掉税，再扣掉保险什么的，差不多能拿到，嗯，3 000 左右吧。”我快速地报完最后那个数字，立刻把一勺米饭送进嘴里，希望这个话题能够尽快结束。3 000 元人民币，折合 400 欧元不到，不管在德国还是在中国，都是一份很低的收入。

老朱站起身来去抽烟。但他忍不住还是发表了一句评论：

“那还不够我打一局麻将的呢。拿这么少的钱怎么过日子啊?”

说完这话，他一边嘟囔着一边踱向走廊。坐在我对面的莉萍耸了耸肩，仿佛这一切与她无关。老丈人的评语虽然让我的自尊心有些受伤，但是我不会因此而妄自菲薄。

“我们一定会证明给他看的！”我一边安慰莉萍，一边站起来走动走动，以帮助消化刚吃的晚饭。

不知不觉我走到了老丈人的书房里。桌子上放着两本家庭老相册。我翻开其中一本，里面有丈人丈母娘的结婚照。莉萍妈妈当年和现在一样的风采迷人，而且在白色婚纱的衬托下显得格外优雅。她梳了一个在当时来看非常摩登的大波浪卷发，一朵白色玫瑰点缀发间。和我们的中式婚礼不同，他们选择了西式婚礼——这在当年十分流行。结婚照上的老丈人看起来比现在要清瘦一些，黑西装之下，年轻老虎的强壮肌肉隐约可见轮廓。他露齿而笑，即使在已经有些发黄的相纸上看，那一口牙齿仍然是洁白发亮。我合上相册，把它拿到客厅。莉萍一定也很久没看到这些照片了。相册封面上印着红色双喜，下面有手写的日期：1988 年 12 月 7 日。

“莉萍，快看。这是你父母的结婚相册！”

我们坐在坚硬的红木沙发上，饶有兴致地看着照片。这也是我第一次见到莉萍祖父母的照片。

“幸亏你没赶上认识我爷爷，或者应该说，还好他没来得及认识你。”

莉萍爷爷是一位立场坚定的“老革命”。他如果九泉之下得知自己的孙女嫁了个资本主义国家来的“洋鬼子”，恐怕也要气得从坟墓里爬出来。

“洋鬼子胆敢进我家门一步，我就打断他的双腿!”莉萍模仿着她爷爷的语气，我被她的表演逗笑了，还真有点希望自己有机会亲自认识爷爷。

这时候老朱已经过完了烟瘾，回来加入了我们。他看着这些照片，微笑着陷入了回忆之中。

“你看，这才是真正的婚礼，不像你们的那么小里小气！我们当时请了300位客人，那真是轰动一时啊。”

我本来想说我们的婚礼也够令人瞩目的，但是我不想和他争辩。我现在的策略是，不管他说什么，我只管点头赞同就是，这样是最保险的做法。照片翻到了最后一页，莉萍合上相册。她用手拂去封面上的一粒灰尘。

“结婚照。1988年12月7日。”她大声念道。红色的结婚证也贴在相册正面。我的岳父母在民政局登记和办婚礼原来是在同一天进行的。

“等等，这不对啊，”莉萍掰着手指头算了起来，“……6，7，8，8个月。”

她满腹狐疑地看着父母，对方不耐烦地看过来。“为什么你们结婚和我出生之间只隔了不到8个月?”我老丈人有些不安地伸手到胸前的口袋里掏烟盒。

“呃，”莉萍妈妈在围裙上多此一举地擦着自己已经洗干净的手，“是因为你提前出生了嘛。嗯，对，你是个早产儿。”

“那为什么王阿姨上次说，我是过了预产期十天才出生的？”

老朱把烟盒里最后一根香烟抽出来，用他有力的手把烟盒捏扁。

“对啊，没错。上次一起吃饭的时候她说过。”我在一旁帮腔道。

我看了看老丈人，有点害怕他把我们也像那个烟盒一样给捏扁了。令人意外的是，老虎并未发威。他带着烦躁的眼神低吼了一声，就草草撤退。

“好了，我没时间跟你们聊这些小孩子家的事情。我还有个重要的电话要打。”

咣当一声，他带上门出去了。走廊里传来打电话的声音，清晰响亮而煞有介事。丈母娘则一口咬定莉萍就是个早产儿。我们也就没再深究。但是我和莉萍相视而笑，要是早知道这个细节，那我第一次在莉萍卧室里被愤怒的老虎抓个正着的时候，也许就不会那么狼狈了。

“我送你们回家。现在的出租车已经不像以前那么安全了。天太黑，你们两个自己打车回家我不放心。”老朱已经结束了那个所谓的重要电话。我用询问的眼神看着莉萍，自从我自己有了驾照之后，我们已经很久没有坐他开的车了。不过和以往一样，我们除了耸耸肩接受之外，也没有什么别的选择。

车开到了我们住的小区门口，但是我发现老朱并没有要立刻往回开的意思。

“我先停一下车。我跟你们上去，到家里看看那两只小猫怎么样了。”

我本来想提醒他说，两只小猫可是在陌生人的家里，不过为了息事宁人我还是闭嘴为妙。莉萍向我递了一个胜利的眼神。这就是两只小小猫咪的魅力，迟早能让最威武的老虎也表现出铁汉柔情。莉萍的计策十分巧妙，我们很快就夺取了胜利。从那天晚上之后，老朱更加频繁地光顾我们位于32层的家。我们别无所求。但是我们并不知道，其实在这个时候我的丈人丈母娘早已制定了一部反攻计划，准备重新攻下战略制高点。而这一次，老虎爸爸不是孤军作战。

……

我总有种预感，有娇妻和猫咪陪伴的幸福小家生活，只不过是暴风雨到来之前的平静罢了。不过既然一切还是风平浪静，我们也就继续无忧无虑地享受着在新家的快乐时光。经历了几个月的艰辛之后，我们非常需要这样一段放松的时间。下班之后或者周末，我们就一起探索上海的大街小巷，一起看剧，看电影，还一起做饭。我们非常享受二人世界，但是也非常清楚自己的义务。我们每周会有一到两次和莉萍父母一起吃饭。莉萍妈妈经常会过来看看，但是她的关注点根本不在我们俩身上。

逗弄和抚摸过小猫，并且和它们一起拍够了自拍照之后，她就匆忙离开了。

不过，这天晚上她逗留的时间比以往更久。我自然是乐意的，因为莉萍妈妈是一位很容易招待的客人，而且和她交谈很愉快。只不过今天她感觉有些不一样。我们三个坐在沙发上，看着猫咪在那里从容地舔毛。

“托马斯，你是不是瘦了？”

这是个不同寻常的谈话开头。

“呃，没有啊。至少我没有刻意减肥，可能瘦了一点点吧。”答毕，我喝了一口热水。

“我看瘦得很明显嘛。肯定是要孩子让你劳累了。”她话中有话地挑了挑眉。我和莉萍差不多同时被热水呛到。

“我们根本还没考虑要孩子的事情。”莉萍一边咳嗽一边回答道。

“可是现在刚取消一胎政策没多久，你们要是不抓紧时间，恐怕就来不及要两个孩子了。莉萍，你也不算太年轻了。”

莉萍怒视着妈妈。

“我才 26 岁，妈妈。你们要是那么想要小孩，不如你们自己生一个吧。新的二胎政策也适用于你们啊。”

“行了，别胡说了。我也年纪不小了，如果你们想要我将来帮你们照看小孩的话，就得抓紧时间。我现在都进入更年期了。”

“是啊，看得出来。我们什么时候想当父母了，我们才会要小孩。这个话题不需要再讨论了。”

莉萍妈妈略有些受伤地抱起了馒头，轻柔地摇晃着。她哼唱着家喻户晓的摇篮曲《摇呀摇，摇到外婆桥》，猫咪在她的臂弯里舒服地发出呼噜声。

莉萍翻了个白眼，但她妈妈丝毫不为所动，继续哼唱着。

第二天一大早，门外就传来有力的敲门声。我睡眼惺忪地打开门，看见丈母娘手里提着大包小包站在门口。

“我给你们做了午饭。”她兴高采烈地提着布包径直走进家门，莉萍从卧室里出来，疑惑地看着自己的母亲。

“妈妈，你一大早来这儿干嘛?”

“我今天没什么事情，就给你们做了点好吃的带过来。”

我转过去看着莉萍。“更年期。”她低声对我说着，用手指了指额头。既然她都来了，那我们连早饭都省了，可以直接吃午饭了。丈母娘的厨艺很棒，我很爱吃她做的饭。这时候她已经开始拿出一个个玻璃饭盒，把提前做好的饭菜端上餐桌。

“很可惜我今天没买到甲鱼，不过你姨妈过两天会帮我弄一只。”

甲鱼？我这辈子还从来没吃过甲鱼，而且也不打算吃。

“你要甲鱼干什么？你以前从来没有做过啊。”我一边跟着她走进厨房一边问道。

“哎呀，”她一边在厨房里找着筷子，一边有些迟疑地说，“你们结婚都这——么长时间了。”我们的婚礼才刚刚过去三个月而已。

“你看莉萍到现在都没有怀孕，我有点怀疑……”

她停顿了一下。

“你说，会不会是……？”

又停顿了一下。

“哎呀，不是所有的男人都一样，”她嘟囔着一些我几乎听不懂的话，“不管怎样吧，我今天做了几样菜，对男的身体都特别好。你就等着瞧吧，我每隔几天做给你吃，然后再过九个月我就不是抱着猎，而是抱着你们的儿子哼摇篮曲啦！”

一说到这里，她愈加兴奋起来。筷子也找到了，她把我拉到饭桌前。“你看看，都是最好的补品。”她用筷子夹了一些蔬菜给我。“这是韭菜，男人吃了特别好，有益于提高精子质量的。”哦，韭菜我是认识的，和鸡蛋一起炒出来非常好吃。如果还能顺便壮壮阳的话，何乐而不为呢。

“这个呀是牡蛎，能够提高耐力的。我希望你们的床够结实啊。”她促狭地冲我挤挤眼。莉萍早已经重新回到卧室躺下，她没兴趣旁听母亲的生育能力咨询。

“还有这个!”她兴高采烈地从碗里夹起来一根形似香肠的东西给我看，“这玩意儿我可是花了大价钱的。这可是市场上最好的。”她用筷子夹着这长条状的肉在我眼前晃了晃。“你要是吃了这个，能让你的老婆幸福，特别幸福。”她一边说着，一边发出孩童般的咯咯笑声。

我渐渐失去了耐心。我们还没有成功驯服老虎爸爸呢，现在老虎妈妈又对我们张开了利爪?

“这到底是什么啊，妈妈?”

“这个,”她郑重其事地宣布，“是牛鞭。我保证，两个星期之后，你就……”

我没有再继续听下去。这一大早上，即使是面对正常的中餐菜肴，我的胃都已经有些感觉吃不消了，而要空腹吃牛鞭，这我无论如何也做不到。

我冲进洗手间，在那里躲着直到听见家门吱呀一声打开。

接着我听见丈母娘大声跟我们道别：“我把吃的放在冰箱里了，等你们饿的时候热一热就能吃。再会啊!”

放长线钓大鱼

Mit der langen Schnur den großen Fisch angeln

“这是我的新车。”我跟随老丈人来到地下车库。他斜倚在墙上，点燃一根香烟。他头上挂着一张警示牌，写着“禁止吸烟和明火！小心中毒！”他仿佛没有看到警示牌，只是自豪地向我展示面前这辆新购入的汽车。

“你不觉得这车有点太大了吗？”我有些难以置信地看着这辆美国产的七座商务车。我在想，他一个经常独自开车出门的人，买一辆家庭用车做什么。

“你怎么会觉得它大呢？这车多实用啊。要是咱们出去度假旅游，一家人都能坐下，而且很宽敞舒服。”我在心里计算着家庭人口，算了两遍得出的结论仍然是四口人和两只猫。况且，如果我们四个人一起出去旅游的话，恐怕会变成一场灾难吧。

“但是我们四个人坐原来那辆奥迪已经足够了，即使带上行李也放得下。”

“是，”他慢慢地加重语气，“我们**四个**是够坐了。但是说不定过一段时间就是五口人，甚至六口人了，如果还要放一辆婴儿车的话……”我这才明白过来。原来他现在是在和我丈母娘唱同一台戏。自从把丈母娘送来的各种壮阳食品都偷偷扔到垃圾桶之后，我们度过了安宁的几个星期。但是我知道，买车行动的背后推手一定也是她。

“……是这样的，这个周末我要开这辆车和大伯去钓鱼。”

老丈人经常去钓鱼。他最喜欢独自垂钓，有时也会找他哥哥做伴。

莉萍早就怂恿我去向他爸爸请求跟着一起去钓鱼。

“这是一个父子相处的绝佳机会。说不定这一天下来，你俩就成好朋友了呢。”

我叹了口气。虽然不大相信会有这样的奇迹发生，但至少可以尝试一下吧。现在我感觉他至少可以忍受和我共处了。但是成为朋友？够呛。我们俩之间的差异实在是太大了。

“我也想试试开这辆车。要不然，我周末也跟你们一起去吧。”我知道，钓鱼对于老朱来说是一件具有神圣仪式感的事情，所以还是拐着弯来问比较合适。

他考虑了一下，然后把烟头扔在地上用脚尖踩灭。看起来他对于多一个人陪他钓鱼并不感到十分期待，但是沉默了一会儿之后还是吐出了一个字：“好。”他没有再多说话。

“你就做自己就好了，”周六早上，莉萍对着准备出发的我说道，“但是可以试着接近他一点，稍微学着点他的样子。不过要记住，中国有句老话叫作‘放长线钓大鱼’，你一定要有耐心，最终一定会水到渠成的。”

目前为止，我的确是在做自己，但是这个战略取得的成就乏善可陈。作为接近老朱的第一步，我准备从外形打扮上模仿他。我把他在结婚时送我的金项链戴上，又抓起我的太阳镜。

然后我在莉萍的脸颊上亲了一口，心里问自己，这辈子还有没有可能被老丈人视为真正的男子汉。如果他今天再给我烟抽，我一定会接过来的。嗯，我甚至可以抽完一盒烟，只要能证明自己是个真正的男人。我们会讨论一些男人的话题，抱怨一下自己的老婆，然后沉默地盯着钓鱼竿，到了傍晚满载而归，给家里的女人们一个惊喜。

“你来开车吧，我腰疼。”老朱把车钥匙交给我。自从我拿到驾照之后，他越来越多地把开车的任务交给我。他的车时常变换，今天则是那辆美国产的七座商务车，他钓鱼的地点在距离上海市区一个半小时车程的小岛上。我刚要打开手机导航，他已经点燃第一支烟不耐烦地挥挥手。

“我认识路。”好啊，这样分工明确。我来开车，他来导航。这是一个天气晴好的夏日，我们两个开着辆七座商务车向着鱼塘行进。

“咦，大伯呢?”

“他昨天晚上喝酒喝多了。如果带上他的话，估计鱼都被他的酒气给熏晕过去，咬不了勾了。”

他试着打开车窗，把烟味儿往外散一散。但是新车上的各种按钮把他搞糊涂了，第一次尝试，后排座位的车窗开了。

他低声咒骂了一句后又试了一次，结果调到了右侧的后视镜，这下我坐在驾驶座上可以清楚看到后排轮胎了。在他进行第三次尝试之前，我不动声色地按下驾驶座旁边的按钮，他旁边的车窗开了。

“你看吧，”他满意地嘟囔道，“我还没那么笨。”他把香烟伸出窗外，对着夏季的炎热空气喷云吐雾。在抽完最后一口之后，他把那根“小熊猫”香烟的烟蒂以一个抛物线弧度扔出车窗外。接着他从裤兜里掏出手机，拨通了那位墨镜好友的电话。

“喂，老高啊。我今天跟托马斯去钓鱼，正在路上呢。你要几条鱼？一条还是两条？两条？好嘞，你先把炉子支起来，晚上就有鱼汤喝了。”

他笑着挂上电话，点燃第二根烟，又陆续给四位朋友打了电话。尽管车窗开着，但是我却开始冒汗。早上出发的时候，我已经许诺丈母娘要带两条鱼回家。我必须专心开车，防止走错路。虽然以前在储蓄银行做过培训，但是数学一直不是我的强项。不过我可以确定的是，今天晚上我们至少一共要带回去十二条鱼，才能兑现他的大方承诺。不过这似乎不是老朱担心的事，他显然很享受当下这一刻。他乌黑的头发随风飞扬，香烟是一根接着一根地抽着。现在只差一点音乐了。当他试着打开收音机时，最强劲的空调冷风突然扑面吹来。他骂了一句，接着尝试另一个按钮，这次空调吹出来的风同样强劲，只不过是热风。我默默地关上空调，通过方向盘上的按钮打开了收音机。广播里的歌曲他正好熟悉，也就跟着哼唱起来：“朋友一生一起走，那些日子不再有……”一曲唱毕，他已经打起盹来。

看起来这辆新车操作起来比想象的要费力许多。我短暂地在路边停下，把后视镜重新调整，再打开手机导航输入我们的目的地。老朱睡得香甜，而我则沉默地开车继续前行。

车拐进一条狭窄的街道，路牌上写着“蛇岛”。多么贴切啊。蟒蛇是唯一敢去袭击老虎，偷走虎崽的动物。蛇岛是建在湖中央的一座人工小岛，由一座窄窄的木桥和陆地相连。在这个上海郊外的小岛，除了我们之外没有一个访客。当导航里的甜美女声告诉我们已经到达目的地时，我的老丈人从睡梦中惊醒。

“你看，我就说我认识路吧。”如今我已经学会了不少中国人的处世之道，知道这个时候让他保住面子是最好的做法。他开始研究怎么打开后备厢盖，却不得要领。我不动声色地按下仪表板上的按钮，后备厢自动打开了。

“哎，我刚才按了什么按钮?”他疑惑地挠挠头。反正他还有足够多的时间去搞清楚这些东西。

我们从车里拿出钓鱼的工具，还有家里的女士们精心准备的便当盒，通过木桥往蛇岛走去。

把大包小包扔到岸边的碎石子上之后，我们开始为钓鱼做准备。老朱在钓鱼方面很有经验，几分钟就把钓鱼竿装好了。而我则正要迎来自己的钓鱼处女秀，但我必须先把手里的鱼线、钓钩还有钓竿以一种合乎逻辑的方式组合起来。我渐渐开始冒汗了，从余光里看到老朱正在饶有兴味地看着我。“托马斯，你一定可以的。”我暗暗给自己鼓劲儿。这也许是一项女婿资格考试，我一定不能挂科。我又花了几分钟的时间去理清那缠成一团的鱼线，但是却越理越乱，而且我的左手还被线团紧紧勒住，感觉血液都快不能流通了。这时候老朱实在受不了了，他拿来一把小剪刀，把缠在我手腕上的鱼线剪断。我揉了揉皮肤上被鱼线勒出的深深痕迹。而我的无能却留下了更深的印记。本来这是一次向老朱证明自己的机会，我又一次搞砸了。我放弃。

我默默地把鱼竿拿到他面前，他技术十分娴熟，三下两下就给装好了。他把被我报废掉的鱼线扔到包里，叹着气掏出一根全新的鱼线。自从来到蛇岛上，我们一句话也没说。老朱本来就不是个话很多的人，现在则比平时更加沉默。看起来他很享受这种大自然中的宁静。但是我感觉到他似乎也有些烦心事。问自然是不敢问的，我连怎么跟他闲话家常都不知道，更不用说去聊什么心里话了。

就这样我们两个在岸边垫了块硬纸板坐下，静静观察着各自的浮子跟随轻柔的水波轻轻漂荡。偶尔听到一只白鹭的嘶叫声，大概是抱怨我们要来争夺它的猎物吧。除此之外，一切寂静无声。只有老丈人每隔十分钟用打火机点烟的声音会短暂打破这份宁静。我静静享受着与他的沉默共处。

已经三个小时过去了。我看到自己的浮子动了动，赶紧激动地往上提了提鱼竿，感觉到有阻力。真的有鱼上钩了！现在他该知道我还是有些用处的吧。我自豪地开始收线，可是当鱼钩露出水面的时候，我仔细观察发现，自己收获的不过是一条十厘米长的小鲱鱼。

老朱连看都懒得看它一眼，我失望地重新在钓钩上挂好鱼饵。

在接下来的几个小时里，终于又有一些鱼上钩了，但它们看起来都和我第一次钓上来的小鱼是一家子，而且那个头恐怕只能当个下酒小菜，炖鱼汤肯定是不够的。

我们一遍又一遍地收线、挂饵，再重新甩竿下水。那些大鱼肯定已经被这里的宁静气氛熏陶得“佛系”了，对诱饵毫无兴趣，要么就是天气太热它们没有胃口。我把自己的渔夫帽又压低一些，心里想着自己应该怎么做，才能在今天更接近老丈人一点呢？怎么才能更了解他，让他也更了解我，相信我想要成为一个好女婿呢？要不然我现在问他要根烟来抽？

“咳。”他清嗓子的声音打断了我的思绪。

“你知道吗，我以前也常常陪我老丈人来钓鱼，也就是莉萍的外公。”他的眼睛仍然盯着水面，给人感觉他好像在自言自语。我不敢应声，因为怕他不继续往下说了。

“他是个非常严格的人，以前是做会计的。而我父母就是普通的工人。上学的时候我和他女儿坐同桌，她在班里是学习最好的，而我是最差的。”回忆起这些往事，他不禁微笑起来，嘴里叼着的香烟也随着他说话的动作微微颤抖。

“当我问他，能不能娶他女儿做老婆，他只是大笑。”说到这里，他的眼睛里浮起一丝伤感。我聚精会神地听着，我还从来没听他讲过这么私人的经历。

“他轻蔑地笑话我说，一个驾校教练还想娶他女儿。‘你知道我女儿有多少追求者吗？你那份可怜巴巴的工资连养活你自己都够呛！’当时这话对我来说真是当头一棒啊。”

他又点燃了一根香烟，但是却忘了去吸。烟灰就这样静静地飘落到地上。

“我们还是结婚了，不顾他的反对。然后我拼了命地工作挣钱。我白天黑夜地带课，直到挣了足够的钱去买我们的第一套房，”他深吸了一口气，“可惜他没有等到那一天。”

那根被遗忘的香烟已经熄灭，就这么黯然地耷拉在他指尖。

“我们有时候会来这里，”他左右扭着头来活动一下颈部，“然后我们就一起钓鱼，感觉好像没有发生过什么不愉快一样，我和他是平等的，几乎就像父子一样。”

他突然把鱼竿提上水面，这时候鱼钩上的诱饵已经不见了。“我们从来都不怎么说话，但是只有那几次钓鱼的经历，才让我感受到和他之间的那种父子情。”

我感觉自己如鲠在喉。从侧面偷偷看他，发现这位总是让我十分敬畏的刚强男子汉，竟然眼角也湿润了。

他用手拂过面庞和眼睛，仿佛要把这些回忆都一下子甩掉。然后他重新点燃已经熄灭的香烟，深吸一口，这时候那个原本的老朱又回来了。他瞟了一眼自己的高级手表，有些焦虑地又抽了一口烟，握着鱼竿的手也收紧了。我大概能猜到他担心什么。之前已经向朋友和家人许诺，要满载而归的。如果今晚空手而归，那对他来说绝对是颜面扫地的事情。现在我的机会来了，我要帮他摆脱这个困境！

“我在距离这里两公里左右的地方，看到有个农贸市场。”开车过来的时候，路过那座灰色的水泥建筑旁边，我看到用白色粉笔写的几个大字：鲜肉活鱼。老朱转过来看看我。我觉得那眼神里带有一丝的感激。他一句话也没说，果断地把鱼竿收回来。我们收拾行装，准备启程回家。此时已经接近黄昏。德国的昼夜时长在夏季和冬季差异非常大，但是上海不同，几乎一年四季都差不多是早晨六点钟日出，傍晚六点钟日落。

“要不是我们胡扯闲聊，肯定能钓上来至少 20 条鱼。下次我还是自己来钓鱼好了，一个人更能集中精力。”

其实在蛇岛上我几乎就没怎么说话，不过这并不重要。他尽可以将钓不上来大鱼的责任推到我的头上。今天他就是让我上刀山下火海，我也在所不辞。

没能提着钓上来的鲜鱼回家，我个人是无所谓的。我今天得到了比活鱼更为珍贵的东西，我了解到了老丈人感情世界的一个角落。但是对于把面子看得比什么都重要的老朱来说，空手回家实在是太丢脸了。此时的他已经重新做回自己，从天气到河水，再到旁人，全都被他咒骂了一遍。

在他怨天尤人的同时，我已经目标明确地把车开到那个农贸市场，直接停在挂着活鱼招牌的摊位前面。

“我们全要了。”老朱指着水盆道。卖鱼的农妇开始把当天最后剩下的几条鱼往外捞。

“就剩这几条了。我给你们一个特价吧。”她开出的价格比正常价格还高出几块钱，因为她可以明显感觉到，我们急需这些鱼。所以说是“特价”也没毛病，毕竟她也没说是特别优惠的价格。因为看到我们俩穿着钓鱼的行装，所以她连问也没问，知道这些鱼肯定是不需要杀的。她取出一个结实的大塑料袋，放里面灌上一些水，直接把盆里的鱼放进去，把袋口扎紧之后，把沉甸甸的袋子递给我。看样我们并不是第一批从蛇岛直接开到这里来买鱼的人。

老朱掏出几张纸币，准备支付高昂的鱼钱。但是我比他动作更快。我把手机拿出来，卖鱼的农妇扫了一下我的支付二维码，瞬间就完成了交易。在中国生活以来，我已经很久没有用过钱包了。和在德国仍然处处需要支付现金或者刷卡不同，移动支付在中国已经非常普遍。只需要一部智能手机，用微信或者是支付宝就可以随时消费。你只需要留下自己的银行账户信息，所有的转账和收付款都可以轻松完成。这一切都是免费的，你需要付出的代价只是提供自己的个人数据。如今连上海街头的乞丐都开始用移动支付沿街乞讨了。他们会把一个塑封好的二维码小牌子举到路人面前。在 21 世纪的中国，连“今天没带零钱”这样打发叫花子的借口都行不通了。

回程的路上，我们谁也没有看对方一眼，也没有说一句话。我们各自沉浸在思考和回忆中。老朱甚至连抽烟的兴致也没有，车载收音机也没有打开。我只听见塑料袋里的鱼在奋力进行着最后的垂死挣扎。

宁为太平狗，不做乱世人

Mögest du in interessanten Zeiten leben

在中国，如果你想要咒骂一个人，那就祝愿他一生“颠沛流离”。因为对于老一辈中国人来说，没有什么比安稳的生活更重要，哪怕百无聊赖也没关系。其实我也不例外。在上海的生活就这么舒适安逸地继续下去。自从和老朱去钓过鱼之后，我们俩再也没有单独一起去做过什么事情，连丈母娘也十分可疑地按兵不动。我虽然不太相信这表面上的平静，但也暂且享受着这安宁的时光。我已经在一家德国企业找到了一份稳定的工作，那里井然有序且少有波澜的工作气氛，让我回忆起自己在储蓄银行实习的年月。只不过现在我销售的不再是住房贷款，而是机械零部件。不管怎样，这份工作的收入还不错。现在我的月工资已经至少够老朱去打四个晚上的麻将了。

“这很好啊，现在你们可以开始准备要小孩啦!”

——就像和我丈母娘商量好了一样，我那远在德国的妈妈，得知我找到新工作之后的第一反应就是这句话。妈妈每个星期会给我打一到两次的电话，主要是向我通报村里的最新八卦。

“穆勒太太前两天摔坏了尾椎骨，现在她的狗交给隔壁迈耶尔夫妇照看了。”

虽然无非都是些家长里短的琐事，但是其中却夹杂着越来越多的这一类新闻：“你知道吗？胡贝尔特夫妇又得孙子了。他们家的女儿，就是你的小学同学萨布丽娜，生了一对双胞胎。”

我妈妈在电话里传递的信息，也预示着接下来即将要发生的事情。因为进入一月份之后，春节就在眼前了。这一年是猴年结束，鸡年开始。我的中国亲友们都十分热衷于把一些跟鸡有关的影射性用语加进新年的祝福中。渐渐地我也懂了一些中国式的幽默，当朋友祝我新的一年“大鸡大利”“鸡庆有余”的时候，也能会心地开怀一笑了。

我热爱春节期间的上海。这个超级大都市在过年的一个星期里好像变成了一个安静悠闲的村庄。这是因为上海的 2 500 万常住人口当中，有超过四成都是外来人口。他们来到这座大都市是为了过上更富足更舒适的生活，但是在春节的时候，他们全都会回到老家，和留守家中的孩子以及老人团聚。如今在中国农村人口当中，老年人和未成年人占据多数，而青壮年往往在城市里打工赚钱，很多男的当建筑工人，女的则当家政工或者是餐馆服务员，更年轻的一辈，如果有大学文凭的话，则会在那些千篇一律的高层写字楼中谋生。

大年初一，我们照例和父母共进晚餐，一家人在饭店聚一聚。

至少原本是这么计划的。

“喂，托马斯，我今晚订了张大桌，能坐下 20 个人。你们要是愿意的话今晚也可以带几个朋友一起来。”老朱交代完之后就挂上了电话，我要把这个消息传达给莉萍。如果说有什么是老朱最忍受不了的话，那就是场面冷清不热闹。所以当时我父母来到中国的第一顿接风宴，他就请了亲友和邻居来作陪，这是他的习惯做法。虽然他自己很少加入谈话，但是他很喜欢坐在那里，抽着一根好烟，看着满桌人闲聊喧闹。虽然大多数饭店都禁止吸烟，但他基本上从不遵守规定。

“那我就再叫上 Tiffany 和 Dreamy 吧，正好她们俩刚刚告诉我，今晚没什么安排。”我对今晚充满了期待。老丈人的几位好友肯定会去，再加上几位年轻女士，气氛一定很好。

傍晚五点，当我和莉萍赶到饭店时，里面已经是人满为患。所有春节期间留在上海的人，都选择在佳节和好久不见的亲朋好友聚会，吃顿大餐。

老朱利用关系订下了这家餐馆最受欢迎的豪华包间，这里一桌可以坐下 20 个人，最适合聚会。我和莉萍走进房间，发现除了我们俩之外大家基本上都到齐了。在座的有 16 楼的邻居，老朱的 3 位好友，丈人丈母娘，还有 Dreamy 和 Tiffany 以及她们的老公和男友。凉菜已经端上来了，大家都兴致勃勃。老朱坐在房门正对着的座位，按照中国人的讲究，这是主位，因为坐在这里可以纵观全局。

“亲爱的，你给**宾利**车找到停车位了吗？”Tiffany 当着众人的面对男友问道，她特意强调了汽车的品牌。

我决定给她捧个场，就追问道：“哇，**宾利**车开起来是什么感觉？”我的中国朋友特别喜欢被人称羡的感觉，这一点我已经学会了。Tiffany把染成金黄色的卷发在自己的右手食指上绕来绕去地摆弄着，几乎是有点羞涩地回答道：“哎呀，幸亏你问了一句。我告诉你，感觉特别棒。你还欠莉萍一次真正的求婚呢，如果需要的话我们还可以把车借给你。”

“我希望啊，如果下次再求婚，一定不要有豪车出现了。”莉萍促狭地戳戳我，我也夸张地回应她：

“下次求婚一定会特别浪漫，保证让你终生难忘，而且全中国的女人都会羡慕你的。”

然后我故意一字一顿地强调：“不过有一点我可以向你保证：求婚现场既不会有汽车，也不会有Tiffany！”

Tiffany做出受辱的表情，但是没坚持半分钟就扑哧一声笑了出来。

结束了这段讨论之后，晚餐正式开始了。大家共同举杯，用杯底轻触餐桌中央的玻璃转盘，然后再互相碰杯，新春佳节的第一顿大规模家庭亲友聚餐拉开序幕。凉菜开始见底的时候，餐桌上的讨论开始围绕着一个主题展开。

莉萍已经给我打过了预防针：按照传统，春节聚餐总是离不开一个话题——子女的婚姻大事和生育大计。莉萍的表弟表妹在这样的场合，也总是被长辈们念叨，老大不小啦，再不抓紧时间就不好找对象啦云云。在这时长辈们也会拿出各自圈子里单身男女的照片进行资源互通，看看能不能为自己的女儿或者儿子觅得一位如意郎君或是贤妻美眷。

幸好我们已经过了这一关。但是我在这时候意识到，我们还是有一些可攻之地。

“你们住在租来的公寓里？不会感觉不安全吗？万一房东哪天突然上门来怎么办？”

“你还没有车啊？那你老丈人肯定不高兴了。你现在已经有稳定的工作了，买一辆吧！”

“托马斯，你们那里有什么情况吗？明年春节聚餐是不是就得加一把椅子了？”

“你们如果需要的话，我认识一个老中医，凡是找他看过的保证都能怀上。”

面对这一切问题，我都耐心地应答：“船到桥头自然直。”德语里也有一句相似的俗语，大意是“喝一杯茶，静观其变”。这是莉萍之前专门教给我的，果然派上了用场。

“哎呀，那你这船也需要动力啊，”丈母娘可不轻易罢休，“来，这汤是我专门给你做的。”

这时我发现，这家饭店用的汤盆似乎和我丈母娘家的一样。“我可炖了三个小时呢。”原来餐桌上的这碗汤不是出自饭店，而是出自丈母娘的厨房。这也是一项中国特色：去饭店吃饭，如果自带食物和酒水饮料的话，似乎没有人提出异议。

“来，我给你盛一碗，”丈母娘绕过半张桌子走过来，拿起我面前的小碗，用大汤勺从盆底捞了一些褐色的块状物，连同金黄色的浓汤一起盛到碗里，“这是我从内蒙古的一个远房表姨那里讨来的偏方。是一个萨满法师在临终时传给她的。这个方子可以卖很多钱的。”她神秘地冲我挤挤眼，然后把碗递给了我。

我端着热气腾腾的汤，一股略带辛辣的气味冲入鼻腔。“快尝尝吧，就是羊身上的，没什么可怕的东西。”此时，Tiffany、老高、邻居等众宾客的眼光都齐刷刷地聚集到我身上，我不能让丈母娘失望。为了炖制这汤，她花费了很多功夫。

我闭了闭眼睛，心里默默祈祷着此时能有什么东西或者什么人来解救我。但是在场的各位似乎没有一个人有这个打算。大家都在对我点头表示鼓励。连莉萍今天也没有要帮我的意思：“快吃吧亲爱的，这很美味的。”这并无助于安抚我的心情，因为在中国被视为美味的一些东西，在其他国家可能会被视为“毒药”的。

比如燕窝汤，这种汤羹的主要食材来自爪哇金丝燕利用苔藓、海藻和植物纤维混合唾液胶结而成的燕窝。我记得上一次老朱去马来西亚旅游，给我丈母娘带回来的纪念品就是燕窝。“这些玩意儿花了我900美元呢！”我还记得他当时这么说。用燕窝制成的汤羹据说有美容养颜的功效。因为我对自己的皮肤状态挺满意，所以把我那一份也让给丈母娘吃了。

现在面前这道汤有这么一大盆，应该在座的每一位都能分到一份，所以我也没有拒绝品尝的借口了。我给自己加了把劲，硬着头皮喝了一勺。汤里添加了足量的佐料，和过去吃过的羊肉汤有点相似。但是混进汤里的那块肉，却吃起来有些怪异。它的口感不像是羊肉，有种很奇特的韧劲。而且它的形状也不像是一块肉，而是有些椭圆形。我真应该在放进嘴里之前好好看清楚这玩意儿的。它在我的嘴里滑来滑去，但是我却总也咬不到它。长时间的炖煮让它的外皮变得有些黏滑。

“怎么样，一点也不难吃吧？”

大家似乎都很想知道这汤的味道如何。

“Hennhanmomomuli ……”我嘴里含混不清地胡乱说了句话，留给大家自己去发挥想象猜测。

终于我用自己的槽牙捕捉住了那玩意儿，然后使劲咬下去。这感觉有点像我小时候吃过的一种酸味泡泡糖。我还记得当时自己每次用乳牙咬破那糖的坚硬外壳之后，里面又酸又甜的液体就会“扑”的一声涌出来，充斥整个口腔。小时候我们都特别爱吃这种泡泡糖。现在我嘴里吃的这个东西，在咬开的时候也会有“扑”的一声，但涌出来的味道不是酸酸甜甜，而是辛辣刺激甚至有些恶臭。因为我已经把它咬开成两半，所以我必须要让它赶快远离我的味蕾，我没有别的选择，只能往下咽。我用力吞了两口，这玩意儿就顺着食管滑进胃里。

在场的各位都兴奋地鼓起掌来。我的丈母娘看起来十分高兴。

“你看吧，我就说羊球是个好东西。过去中国西部的游牧民族都给家里的年轻男人吃这个，吃完之后个个都像火箭一样勇猛!”

“啊，这是羊球啊?”Tiffany兴奋地喊起来。“那给我们家Honey也来一碗吧，王阿姨。他呀，最近一段时间有点，”她噘了噘嘴道，“有点劳累，是不是啊，亲爱的?”她戏谑地捏捏男友的脸颊，莉萍妈妈自然毫不吝啬，给盛了满满的一碗汤。

“我老婆都不让我碰她，但是我也要来一碗!”老高被自己的笑话逗得哈哈大笑。但是我们都知道，这句话八成又是悲哀的现实。

就这样，包括邻居、朋友还有老朱本人在内的所有在场男性，每个人都美美地享用起这道具有壮阳作用的汤。就这样，关于传宗接代的问题环节终于结束了，而对于我来说，这顿晚餐也到此为止。

回到家，我和莉萍舒服地坐在一起，喝杯热白开水，看看最新的网络视频。一个颇有天赋的年轻姑娘模仿自己在春节期间如何遭遇亲戚的各种盘问，那滑稽搞笑的短片把我们俩逗得乐弯了腰。那些七大姑八大姨提出的令人尴尬的问题，简直和我们今晚的经历如出一辙——也许从今往后我们每年都要经受一次同样的考验。

“我们应该录个视频，讲讲外国女婿会从自己的中国岳父母那里听到什么样的说教。”我开玩笑地对莉萍说道。

“好主意啊!”令我意外的是，我这个随口而出的建议反而让莉萍认真起来。

“你本来就长得憨态可掬，正好合适。”

因为我们也没什么事要做，所以就拿来一张纸写起了脚本。开场第一句话我已经想好了：“想娶中国姑娘为妻？那你可要注意了!”

第二天我们就跑到为数不多的几家在春节期间照常营业的商场里，买了一顶假发，模仿我丈母娘的发型。我把假发套在头上，再系上一条围裙。莉萍把手机摄像机打开，我开始了自己的激情模仿秀。

“你们到底打算什么时候结婚啊?”

“都结婚三个月了，你们什么时候要小孩啊?”

模仿老丈人的道具更简单，只需要一根“小熊猫”香烟就够了。他最具标志性的样子就是嘴里叼着一根烟，盘问女婿的工资收入，还有买车、买房的计划。

最后我系上粉白波点的蝴蝶结发带，模仿自己的中国老婆，说要买最新款的名牌包包，还说要去马尔代夫度蜜月什么的。

录完之后，我把这些用手机拍摄的低画质视频片段剪辑成一段小影片。

为了庆祝这个视频处女秀的日子，我们点了一份麻辣烫外卖。各种蔬菜、鱼虾、肉制品在浓郁的汤汁中烫熟，麻辣鲜香，我们吃得不亦乐乎。

吃完饭之后，我又坐到电脑前，把这段视频上传到自己的微博账号。我其实很早就在微博上注册了一个账号，在那之前只是跟自己在虚拟世界的好友分享一些生活照片而已。

完成上传工作之后，我满意地摸了摸自己的肚子。在这个湿冷的二月天，吃一顿热辣辣的麻辣烫，既能暖胃又能暖心。

然而莉萍似乎并没有这样的感受。她蜷缩着坐在客厅沙发上，用手抵着胃部。

“你怎么了？不舒服吗？”我担心地问道。

“胃痉挛。”她费力地回答道，痛得直不起腰。现在我的胃越来越中国化，我对辛辣食物的承受能力比我老婆还强。

莉萍脸色越来越苍白，歪倒在沙发上辗转反复。我决定立刻送她去附近的医院看急诊。我带上手机、家门钥匙和钱包，扶着莉萍去打出租车。

“请送我们去最近的医院，谢谢！”

到了医院，我发现自己有点懵圈。虽然在中国生活了几年，但是我除了偶尔感冒之外根本就没有生过大病，所以完全不知道这里的医院是怎么运作的。

“你得先去挂个号。”莉萍虚弱地对我说着，一边在候诊大厅冰冷的金属凳上坐下。不知是因为已经到了晚上，还是因为在春节期间，这里没有几个人。我跑到候诊大厅中间一个半圆形接待台前，值班的护士正抱着手臂低头打盹，我小心翼翼地推醒她。

“我需要挂个号。”

“十块钱。”我掏出钱包，递给她一张十元钞票。她交给我一张黄色的收据条，上面印着数字 021。

我刚看清楚纸条，这时候大屏幕上已经显示了我们的号码。我扶着莉萍走进诊室，告诉值班医生，莉萍吃了麻辣烫，可能是吃坏肚子了。

“我给她开药输个液吧，”他在处方纸上写了一些仿佛天书的符号，然后撕下来递给我，“请您先到窗口付药费，然后拿着收据去二楼输液。”我接过处方，扶着莉萍起身。医生整理了一下白大褂的领子，拿起手机，准备打发下一个病人到来之前的闲暇时间。我们正要走出门的时候，他突然冲我喊了一声：“哎，你不是那个模仿丈母娘视频里的吗？特别搞笑！我看过之后马上就转发给我的朋友了。”我回过头去，有些迷惑不解地对他笑笑。他怎么会已经看到我的视频了呢？但是现在我没有时间去深究这些问题了，我必须先带自己生病的妻子去二楼输液。

我带她到输液室，那里有很多空着的病床，我扶她先在那里躺下，然后又急急忙忙跑下一楼，交了 250 元输液费，再把收据拿到二楼。输液室的护士查验之后，从身后的药柜里取出两个输液袋。我已经从丈人丈母娘那里了解到，在中国很多急症都是用输液的方式来治疗的，这似乎是标准疗法。我虽然在德国从未输过液，但是眼下除了信任医生的医术之外，也别无选择。莉萍真的需要帮助。我带领护士走到莉萍身边，她正闭目躺着。当护士熟练地把针尖扎进血管的时候，莉萍微微抽动了一下。透明的液体一滴一滴地进入她的静脉血液循环。头戴白色小帽的护士看了看自己银色的腕表说："输完大概需要一个半到两个小时。"

我找了把椅子在莉萍身边坐下。一整天的疲惫向我袭来，我也闭目小憩了一会儿。接着我拿起手机，想要通知丈人丈母娘莉萍没有大碍。我按下开机键，屏幕仍然是黑的。怎么会这样啊，我们在家的时候手机还显示电量为 45%呢。现在我只能看到红色的电量不足标志。

从我坐的地方可以看见护士正一边对着自己的手机屏幕咯咯笑，一边拂去脸庞上的碎发。她一定有手机充电器。"请问，你能不能把手机充电器借我用一下？我的手机没电了。"我一边说，一边朝她晃了晃我那已经黑屏的手机。她冲我笑笑，然后指了指自己的手机。令我吃惊的是，那屏幕上的正是自己，视频里的我戴着黑色假发，手里挥舞着汤勺问道，是不是所有的外国人都只吃牛排，不吃蔬菜。“真搞笑啊。”她用闲着的那只手对我做了个点赞的手势。现在我必须要弄明白发生了什么。她递给我一根白色的充电线，我找到一个插座，把手机连上充电线，然后直接蹲在插座旁边，等到手机充够了足以开机的电量。等打开手机后，我才知道为什么刚才它的电量这么快就耗尽了。

我的各种通信软件和电子邮箱快要被蜂拥而至的短信和邮件挤爆了。短短的几个小时内，已经有数百万的网友在中国和海外观看了我们的视频。这简直令人难以置信！我激动地打开微博，看到我们的粉丝数量在这个晚上就突破了十万大关。我的信箱显示有150封未读邮件，其中包括来自德国N－TV电视台和Buzzfeed网站的采访问询。

我闭上眼睛。现在怎么办？这时候我想起了我那正在生病的老婆。我把手机放在地上，跑到床跟前，这时候莉萍已经坐起身来。看样子输液是有效果的。我激动地摇晃着她的身子，一时间顾不上她还病着：“亲爱的，我觉得我们的视频好像火了。”

我跑回去，一下子把手机连着充电器一起拽下来。

“你看，光在微博上就有200万个点击量！”

“太棒了！”莉萍有些疲惫地对我笑笑，然后就重新闭上了眼睛。

……

等莉萍完全恢复健康之后，我们在接下来的两个星期里又录了不少视频，讲述我们的家庭，我的丈人丈母娘，还有德国和中国之间的文化差异。我们的粉丝越来越多，从各方收到的积极反馈让我们开心得像两个小孩子。

一天晚上，我们一起到丈人丈母娘那里吃晚饭。进门的时候，我看到老朱坐在客厅沙发上他习惯的位置。不过这次他看的不是电视里的新闻联播，而是有些气恼地看着手里那全新iPhone X的屏幕。

莉萍去厨房里给她妈妈打下手了，我则走到老丈人身边坐下。当他看到我时，就把手机放到了一边。屏幕上播放的视频里，我正手里夹着一根香烟在那里模仿他："德国有什么好的。不就是有好车，空气好，人更少吗！什么？到德国生活？没门！我在那里会无聊死的。"

"幼稚。"

他能做出这么温和的评价，我已经很欣慰了。这个星期我们新录制的视频，也就是他正在看的，主题就是我的老丈人和他富有特色的观点和行为。我忍不住将自己的新计划和盘托出：

"我和莉萍考虑了一下，准备将全部精力放在录视频上面。我准备辞职。"

没有回应。

原本老朱应该感到高兴才对。如果他的女婿有了一定知名度，那他自己也会跟着沾光的。

“说不定我还可以带你去上电视节目呢。我们俩一起，肯定很有意思的！”

这样他就有足够的资本可以向朋友们炫耀了。他肯定会喜欢。

“这玩意儿哪有什么人愿意看。简直就是异想天开。”

“可是你看，这一段模仿你的视频已经有 150 万次播放了。而且我们录视频也觉得很开心啊。”

“生活不只是为了好玩，而是要辛勤工作，努力挣钱。”

一个花费大把时间在打麻将和做按摩的人，竟然说出这样的话，我心里这样想着，但不敢说出来。

“我的父母觉得没问题，”我反驳道，“录视频的收入只要够维持生计就行了。主要是我能做自己真正喜欢做的事情。”

关于我父母支持我的话，完全是撒谎。我妈妈在网上看到一篇有关我的视频走红的新闻之后，立刻就给我打了电话。

“挺好笑的。不过这只是业余爱好，对吧？”

“我不知道，我觉得看看能发展到什么样子再说吧。就像中国人说的那样，船到桥头自然直。”

“是啊，可是这种东西也太小儿科了。可能一次两次还行，时间长了就没什么人想看了。”

不出我所料，我老丈人和她的看法如出一辙。

“你还是做好自己的本职工作吧。毕竟你还要养家糊口呢。”他一边说一边找着打火机。然后他点燃一根烟，关于这个话题的讨论就算是结束了。

晚饭的大部分时间都是在沉默中度过的。饭毕，老朱走进卧室，小心翼翼地把门关好。我有种预感，我们拍视频的决定，可能会让我和老朱之间的距离更加遥远。对于他来说，这都是小孩子的把戏，不是一个为人夫、未来还要为人父的男人应该做的正经职业。

我下定决心，这次一定要证明自己是个真正的男子汉。这时候女士们都在客房里，我丈母娘正在向莉萍展示她新定做的旗袍。这是我的绝佳机会。我要到老朱的房间里去，跟他一起抽根烟，然后聊聊他和他老丈人之间的故事，还有我和他之间的关系。我要坦率地告诉他，在过去的时间里，搞懂他的想法对我来说是多么艰难，告诉他我希望在遥远的将来，也许我们还是可以成为朋友的。

当我靠近他卧室房门的时候，我听见他在里面打电话。“……最近的这支视频你还没转发呢。快点，现在发！我马上再过来看。”电话挂上了。我听到他又拨通了另一个电话。“老高，你看到阿福今天发的视频了吗?”

阿福，这是我给自己起的中文艺名。现在我的观众们都这么亲切地称呼我。我的身材还有表演都让很多人联想到快乐而富态的弥勒佛，所以这个名字很形象也很有感染力。

我蹲下来，把耳朵贴近墙壁，继续偷听他在电话里跟老高说了什么。

“对，没错。就是讲我们每次怎么交换香烟然后一起抽烟的那个视频。你怎么没转发呢?你就这么对待老朋友吗?赶快去给他点个赞，然后给他写个评论，就说你觉得视频很搞笑。”

我被深深地感动了。我继续靠近卧室门，发现里面突然安静下来了。紧接着门一下子开了，老丈人就站在了我面前，手里拿着手机。我想不出来还有什么借口，来解释为什么自己蹲在他的房间门口。

“呃，我是想问问，嗯，你愿不愿意和我一起喝杯茶?”

他用怀疑的眼神看看我。“老高，我等会儿再打给你啊。”他挂上电话，把手机塞进裤兜里。

“好啊，我正好需要喝点茶消消食。”

他从柜子上取下一把形似南瓜的茶壶，往里面加了一些绿茶茶叶，又放了几粒枸杞，再冲上热开水。我拿了两个小茶盅，放到门口走廊靠近电梯口的那个小茶几上。这张小木桌上放着的烟灰缸里面堆满了烟头，另外还有一个用来给茶壶保温的蜡烛底座。老朱把泡了绿茶和枸杞的茶壶放到底座上。我们两个就这样沉默地坐下来，慢慢地喝着热茶。

“喝茶不是为了解渴，”老丈人曾经这样教导我，“喝茶是为了修身养性。你这么大口大口地往下灌，是无法理解这种意境的。”

所以我特意慢慢地品着茶，让那茶水一滴一滴地滑下喉咙。

接着老朱从衬衫口袋里掏出烟盒。这就是我在等待的时机。今天我已经向他证明自己学会了品茶，我还要让他看看，我可以抽烟，像个真正的男子汉那样。我曾经对着镜子模仿了他抽烟的动作几百遍。我把牙刷叼在嘴里，试着做出很酷的样子，说出一套一套的俗语。我的样子虽然没有老丈人那么酷，但是我想如果换成真正的香烟，肯定就八九不离十了。他把烟盒放在桌上，就在他的茶杯旁边。“此时不行动，更待何时。”我在心里对自己说。我放下自己的茶杯，快速地把手伸向烟盒。我要抢在老朱前面拿到它。

谁知我的手指竟在半途中被茶杯手柄给挂住了，那做工精细的茶杯被我甩出去，在空中划了一个抛物线之后，撞到电梯门旁边的墙壁上，摔得粉身碎骨。清脆的铿锵声响彻整个楼道。老朱目瞪口呆地看着我。

“你到底要干什么啊?”他拭去脸上被溅到的热水。滚烫的茶汤撒得满地都是。我看着这满地狼藉的茶杯碎渣、茶叶还有枸杞。眼前这幅画面简直有了一些诗意。我原本还希望自己能向老朱证明自己的男子气概，展示自己具备成为好女婿的素质，结果我的终极计划就像这茶杯一样，被摔得粉碎。

“我……呃，我只是想……”我指了指放在茶几上的烟盒。他低头看了看，把烟盒拿在手里，用大拇指把盒盖掀开。里面还剩下最后一根烟。

他从皱巴巴的盒子里抽出这根烟，充满感情地端详着它，然后突然当着我的面用力把它折成了两段。

“你知道吗，托马斯。”他一边看向我，一边在手里来回把玩着断成两截的烟。

“我觉得你不抽烟蛮好的。”

我用右手食指捅了捅自己的耳朵，有些不敢置信。我没听错吧？是不是茶水溅到了我耳朵里？

“我要戒烟了。一个真正的男人必须要知道，什么时候该做什么事情。”

幸福感动和如释重负涌上心头，激动的眼泪夺眶而出。同时，我的脸上又挂上了微笑。

我竟然等到了这一天！我终于实现了我的目标！看来我这个女婿现在已经得到了他真正的认可。我不用再畏首畏尾，也不用担心辜负他的期望，我自由了！

这时老朱带着父亲般的慈爱拍拍我的后背：“这样我就可以

更好地照顾我未来的外孙了！”

我站起身来，到家里取出拖把打扫残局。我无声地轻叹了一口气，因为我知道：波澜壮阔的日子还在后头呢。

多一个朋友，多一条路

Ein Freund mehr, ein Weg mehr

没有众多朋友的鼎力相助，我这本书就不可能与读者们见面。

首先我要感谢 Michaela Röll 博士，她在我本人还摇摆不定的时候就对我们的故事充满了信心。我也要感谢 Heyne 出版社的 Angelica Schwab 博士，她为这本书付出了虎妈一般的激情投入。还有 Angelika Winnen 博士，她让我的故事更加顺畅圆满。

当然我也要感谢我的家人。感谢我的老丈人老朱，他是这本书中大部分故事的主角，现在我们也终于成为好朋友。感谢我的丈母娘，她总是坚定地支持我。我也要对自己的父母说一声谢谢，他们将莉萍视为自己的女儿，让她融入我们的大家庭。

最后我还要说：莉萍，谢谢你总是那么相信我，信任我，爱着我最真实的样子。

图书在版编目(CIP)数据

阿福拜见老虎岳父 / (德) 阿福(Thomas Derksen)著;朱宇晗译. -- 上海: 同济大学出版社,2020.1
ISBN 978-7-5608-8963-4

Ⅰ.①阿… Ⅱ.①阿…②朱… Ⅲ.①长篇小说-德国-现代 Ⅳ.①I516.45

中国版本图书馆 CIP 数据核字(2020)第 011750 号

阿福拜见老虎岳父

[德]阿福(Thomas Derksen) **著** 朱宇晗 **译**

出品人 华春荣 **策划编辑** 吴凤萍 **责任编辑** 戴如月
责任校对 徐春莲 **封面设计** 钱如潺

出版发行 同济大学出版社 www.tongjipress.com.cn
(地址:上海市四平路 1239 号 邮编:200092
电话:021-65985622)
经　　销 全国各地新华书店
制　　作 南京月叶图文制作有限公司
印　　刷 上海安枫印务有限公司
开　　本 787mm×1092mm 1/32
印　　张 9 **插页** 8
字　　数 242 000
版　　次 2020 年 1 月第 1 版 2020 年 1 月第 1 次印刷
书　　号 ISBN 978-7-5608-8963-4

定　　价 68.00 元